末 ᴬ二ᴰᴿ | 文艺家 |

九十岁的一年

［英］詹姆斯·罗斯-埃文斯——著

杨凌峰——译

Older

A
Thought
Diary

James
Roose-Evans

天津出版传媒集团

天津人民出版社

图书在版编目（ＣＩＰ）数据

九十岁的一年 / (英) 詹姆斯·罗斯–埃文斯著；杨
凌峰译. –– 天津：天津人民出版社, 2023.1
ISBN 978–7–201–19029–7

Ⅰ.①九… Ⅱ.①詹… ②杨… Ⅲ.①散文集–英国
–现代 Ⅳ.①I561.65

中国版本图书馆CIP数据核字(2022)第217722号

著作权合同登记号 图字：02–2022–272号

九十岁的一年
JIUSHI SUI DE YI NIAN

出　　版	天津人民出版社	
出 版 人	刘　庆	
地　　址	天津市和平区西康路 35 号康岳大厦	
邮政编码	300051	
邮购电话	022–23332469	
电子信箱	reader@tjrmcbs.com	

关注未读好书

选题策划	联合天际·文艺生活工作室
责任编辑	伍绍东
特约编辑	张雅洁　谭秀丽
封面设计	@broussaille 私制
版式设计	碧　君
美术编辑	梁全新

制版印刷	天津联城印刷有限公司
经　　销	新华书店
发　　行	未读（天津）文化传媒有限公司
开　　本	787 毫米 × 1092 毫米　1/32
印　　张	12
字　　数	130 千字
版次印次	2023 年 1 月第 1 版　2023 年 1 月第 1 次印刷
定　　价	68.00 元

客服咨询

献给托尼·莫里斯

以此缅怀曾与我相伴五十四年的海威尔·琼斯

深深感谢他多年来的支持、鼓励与关爱

戏剧导演彼得·布鲁克[1]曾问一名印度演员他的表演秘诀是什么，那人回答道："我试图将我一生中所经历的一切汇集起来，以便让我所做之事成为我已有感受与已有理解的见证。"正如一位诗人所写：

> 为了你，我已摆脱了自我
> 不戴面具地践行生活……
> 即我内心最深处的那种生活。

对我来说，生命不是一支短暂燃烧的蜡烛，而是一把光灿夺目的火炬，在把它传递给下一代之前，我要让它尽可能炽烈地燃烧。

——萧伯纳

1　彼得·布鲁克（Peter Brook，1925—2022），英国著名戏剧和电影导演，20世纪重要国际剧场导演。代表作有《摩诃婆罗多》《空的空间》等。——译者注（后文若无特殊说明，均为译者注）

我们蒙恩降生，从不是为自己。我们降生，总是为了他人。

——卢埃林·沃恩-李[1]

人一生的特权就是做真实的自己。

——卡尔·荣格

生命能有什么？无非是寻求答案。

——玛丽·奥利弗[2]

幸福难以捉摸，它来来去去。我们必须在内心的花园里种下满足的种子。

——波斯诗人鲁米

---

1 卢埃林·沃恩 – 李（Llewellyn Vaughan–Lee，1953— ），出生于伦敦，苏菲派讲师之一。

2 玛丽·奥利弗（Mary Oliver，1935—2019），美国诗人，专注于书写自然。

我的自我，它会说话和拼写，并叫喊着："我做的就是我自己：我为此而来。"

——杰拉尔德·曼利·霍普金斯[1]

整个宗教就像一棵大树。宗教是树枝，各个教派是叶子。

——斯维登堡[2]

---

[1] 杰拉尔德·曼利·霍普金斯（Gerard Manley Hopkins，1844—1889），英国诗人、耶稣会神父。

[2] 斯维登堡（Swedenborg，1688—1772），瑞典神学家、科学家、神秘主义者和哲学家。

导读

最平常的恐怖故事

编辑让我给《九十岁的一年》写一篇序言或者导读。我没想到，在她心中，我已经这么老了，居然可以给这样的书写序言了。虽然我前两年读过一本书叫《中年的意义》，后来很快又读了《学习做一个会老的人》。但我觉得自己还没有老到要给一位九十岁的作者做导读。所以，我觉得编辑的建议是一种冒犯。

人会抗拒衰老，不愿意去想象自己老了之后的样子，也不太愿意承认自己老了。我们都有年龄歧视，我们把老年人看作异类，其实是抗拒自己衰老，这是人性使然。虽然《九十岁的一年》是个不乏温情的故事，但我还是讲点儿恐怖故事吧。

托卡尔丘克有一个很短的小说叫《旅客》，说的是一个小男孩三四岁的时候，每到夜晚来临，他就感到特别恐慌，他的爸爸妈妈安慰他说："没事儿，别害怕。"他姐姐总给他讲吸血鬼的故事，吓唬他。小男孩总觉得有人在盯着他，而且那人就站在阴影中，有胡子，有皱纹，抽着烟，烟头一亮，就泛起红色的光。小男孩不怕吸血鬼的故事，但那个人影太可怕了，人影一出现，小男孩就把头埋进枕头里，尖叫着把父母叫来，可父母来了，什么也没发现。小男孩长大了，人影不再出现，他觉得小时候的事不值一提，肯定是一种幻觉。慢慢地，他六十岁了。有一天下班回家，站在窗前，他想要抽根烟，窗外黑乎乎的。他点上烟，在玻璃窗上看见了自己的样子，有胡子，有皱纹，烟头一亮，泛起红色的光。他想尖叫，可他能叫谁呢，父母已经死了，他终于明白父母说得对，外部世界没啥可怕的，小时候看到的人影不过是自己六十岁的样子。

法国有个塞维涅夫人，文学沙龙中的贵妇人、社交达人，留下了一本《书信集》。她1626年出生，1687年六十岁时写了一封信。她是这样写的："上帝以无比的善意在我们几乎感受不到变化的人生各个阶段引领着我们。人生这个斜坡缓缓而降，几乎感受不到其倾斜。我们看不到钟面的指针移动。如果在二十岁，有人让我们在镜子中看到我们六十岁时的面貌，我们想必会一头栽下，会害怕六十岁的面貌。但我们是一天一天地往前迈进，今天犹似昨日，明天犹似今日。我们就这样毫无感觉地往前迈进。这是我所爱的上帝所行的奇迹之一。"

这可能是一个奇迹，但人们总会在行路途中用年纪做路标。

俄国作家屠格涅夫说过，五十五岁就是衰老。革命导师列宁也经常引用一句话，说人到五十五岁是一个坎儿，革命者不要怕死，活到五十五岁就够本。他老这样念叨，他的战友托洛斯基就老担心自己活不到五十五岁，尤其在五十五岁前后，非常焦虑，觉得这儿也不舒服那儿也不舒服。但等他到五十八岁时，他感觉自己又焕发了革命热情，并且拥有充沛的性欲。

五十五岁的波伏娃，回忆录已经写到了第三卷，她在第三卷回忆录的结尾写道："末日即将来临以及身心俱疲的必然性导致我没有勇气去抗争，我的种种幸福快乐已经淡然无味。将我和尘世连接在一起的纽带，一条一条的被蚕食，它们在绷断，很快就会悉数断裂。"

五十五岁的波伏娃在1963年的10月24日接到一个电话，说她妈妈在浴室里摔了一跤，被送进了医院。波伏娃的妈妈当时已经七十七岁，有髋关节炎，走路很慢，每天吃六片阿司匹林，还是觉得哪儿哪儿都疼。她妈妈住进医院时，本以为是骨折，但后来检查发现她妈妈患有癌症，因此波伏娃和妹妹就在医院轮流照顾妈妈。后来根据这段经历，波伏娃写了一本书，名叫《安详辞世》。

我们看其中的一段："我看着她。她就在那里，在场，清醒，却对自己所经历的一切一无所知。不知道身体里发生什么是正常的，然而，对她来说，身体的外部也无法知晓——受伤的腹部，瘘管，从中流出的污物。她皮肤发青，液体从伤口渗出，她无法用自己几近麻木的双手摸索自己的身体。他们给她治疗和包扎伤口时，她的头只得后仰。她没有再要过镜子，她垂死的面庞不再为她而存在。她休息，做梦，远离她腐败的肉身，耳朵里充满了我们的谎言。她整个人充满激情地专注于一个希望：康复。她强迫自己下午吞一些酸奶，还经常要求喝果汁。她一点一点慢慢地移动胳膊，小心翼翼地把手抬起来，握成杯子状，摸索着抓住我拿着的玻璃杯子，通过小吸管，她吸取其中有益的维生素，如同一个食尸鬼用嘴巴贪婪地吮吸生命。"

波伏娃生于1908年，她写的《第二性》出版于1949年，那时波伏娃四十岁。她年轻的时候，认为老年妇女不应该有性生活，她甚至认为自己到了四十岁就应该放弃性生活。

1964年，波伏娃写完《安详辞世》，开始思考老年的问题。1970年，波伏娃出版了《论老年》。这本书体例上和《第二性》相似，也是上下两部，第一部从民族学和历史的角度探讨老年，第二部从个人体验的视角来考量老年。书中有大量文学作品的分析，读起来比《第二性》要容易，但这本书的知名度远远比不上《第二性》。直到2020年8月，这本书出版五十年后，我们才有了中文译本。

我以前读过菲利普·罗斯的一本小说，名叫《垂死的肉身》，这部小说写的是一个老男人和一个年轻姑娘上床的故事。老男人痴迷年轻的肉体，其实那个老男人正处在

"第三年龄"。社会学家把人的年龄分成四个阶段，儿童及青少年期、职业及谋生期、退休期、依赖期。人退休之后是"第三年龄"，这段时间身体还不错，还能享受闲暇，而等疾病缠身要依赖别人，才是"第四年龄"。

我当初读《垂死的肉身》领会到的并不是衰老，而是担心失去性爱的机会，真正可怕的"第四年龄"还没来呢。

后来我又读了罗斯写的另一本书，叫《遗产》，写的是他照顾患癌症的八十六岁父亲的故事。其中有一幕看的我惊心动魄：他爸爸通便不畅，四天没有拉出屎来。在一家人吃午饭的时候，爸爸上楼去了，而到该喝咖啡的时候，楼上的爸爸还没有动静，于是罗斯起身去查看——他没死，虽然他可能也希望自己还不如死了。

"刚迈上二楼的楼梯时，我就闻到了大便的臭味。洗手间的门敞开着，过道的地板上扔着他的粗棉布长裤和内裤。我父亲，全身赤裸，站在门后面，刚刚冲好淋浴出来，浑身还淌着水。臭味很重。看到我时，他快哭出来了。他用一种我听过的最绝望的声音（尽管不用说就可以猜到的）

对我说：'我大便失禁了。'

"到处是屎，防滑垫上粘着屎，抽水马桶边上有屎，马桶前的地上一坨屎，他刚用过的淋浴房的玻璃上溅着屎，他扔在过道的衣服上凝着屎。他正拿着擦身子的浴巾角上也粘着屎。在这间平时是我用的小洗手间里，他尽了最大的努力想独自解决问题，可由于他几近失明，加上刚出院不久，在脱衣服和进淋浴房的过程中把大便弄得到处都是。我看到，连水槽托架上我的牙刷毛上也有。"

我还是就引用到这里吧，后面两三页的篇幅，罗斯写他怎么清扫卫生间，怎么把一堆东西塞进垃圾袋里扔掉。我看到这里的时候，非常不适。罗斯爸爸发病的时候八十六岁。有一天早上醒来，他爸爸发现自己的半边脸瘫了，去医院检查后发现脑子里长了一个瘤子，这时罗斯五十五岁。此后一年多，罗斯照顾他爸爸直到老人家去世。其间，罗斯自己还做了一次心脏手术，要不然他可能会死在他爸爸前面。

我快到五十五岁了，所以对那些以衰老为主题的作品会更留意一些。

有一部日本电影叫《楢山节考》，改编自同名小说，讲述了一个关于弃老习俗的故事。故事发生在一百多年前日本信州的一个偏僻山村。由于这个村子非常穷，没有多余的粮食供养老人，所以有一个不成文的规定，即村里的老人只要到了七十岁，就由家人背着送到村后的楢山上，任其自生自灭。阿玲婆已经六十九岁了，很快就要被送上山去。虽然她身体硬朗，还能工作，牙口也很好，但要吃掉不少食物。为此，村里的人专门编了首歌笑话她，说她有三十三颗好牙，于是阿玲婆狠下心在石臼上磕掉了两颗门牙。阿玲婆在上山前把该办的事都办完了，于是便放心地决定了上楢山的日期。之后阿玲婆的儿子怀着悲壮的心情将母亲送上了楢山。此外，在原著中，有一个叫阿又的人物，年过七十，不想上山等死，因此他逃出了村子，却被儿子抓回来，五花大绑着扔到了悬崖下面。

波伏娃引用了好几位人类学家的材料，说在西伯利亚东北部过着游牧生活的雅库特人，其家庭是父权制，父亲对子女有绝对的控制权，但父亲老了，儿子就会夺走他的财产，放任他衰亡。科里亚克人住在西伯利亚北方，每到冬季来临，族人要跟随草原上的驯鹿群迁徙，这时候就会用长矛和刀处死体弱的老人。日本北方的爱奴族，对待老人的态度也如此。在玻利维亚的希里欧诺人中，在非洲加蓬的芳族人中，在南部非洲的聪加人中，任由老人像动物一样活着，被虐待，被处死，都是常见现象。当然了，并不是所有穷困的族群，都这样残酷地对待老人。住在火地岛的雅加人，是非常原始的部落，他们没有工具，不储存食物，没有庆典仪式，也没有宗教信仰，他们生很多孩子，对男孩女孩都很疼爱，取得的食物也会优先分给老年人。

波伏娃说，富裕社会的老人和贫穷社会的老人比起来，定居民族的老人和游牧民族的老人比起来，前者显然更幸运。在贫困族群中，极少有老年人能拥有足够养活自己的资产，对以狩猎、采集为生的族群来说，更没有私人财产的概念。但不论是农耕社会还是游牧社会，当资源不足时，最常采取的策略就是牺牲老年人。未开化族群对待老年人的解决方案有三种：一是杀害他或任由他死亡；二是只给他最基本的生活所需；三是给他舒适的晚年生活。现在的文明社会，对待老年人也是这三种方式，谋杀老年人肯定是法律所禁止的，但它能伪装成另一种形式来进行。

以前我看过伍迪·艾伦的一部电影，名字叫《情迷九月天》，这是个室内剧，据说是伍迪·艾伦票房最差的电影，只有四十万。我记得其中有个老太太，对着镜子说了一段台词："上了岁数真是可怕，你还觉得自己是二十一岁呢。可支撑你生命的那些东西一个接一个的消失。你盯着镜子中的脸，注意到脸上有什么东西没了，你知道了，你的未来没了。"

萨特说过一句话，"是未来决定了过去是否活着"，什么意思呢？波伏娃在《论老年》中解释说，人的存在是处在时间之中的，我们借由存在的愿景活在未来，这种存在的愿景超越了我们的过去。但年纪增长，我们和时间的关系发生了变化，未来所剩的时间在缩短，过去却变得沉重。

对孩子来说，时间总显得很慢，"明年"像是一个遥远的未来。我们年轻力壮时，广阔的未来让你激动兴奋。年老后，时间带来的新事物新刺激极度减少，对老年人来说，未来是封闭的，时间是有限的，他们的人生已经完成，不再可能做出改变。

据说，五十岁到六十岁之间是很焦虑的，这个年纪的人感到老年即将来临。我以前只知道人有中年危机，没想到还有五十五岁危机。让我读《九十岁的一年》，是一件很残酷的事。编辑要对此负责。

你问我读了之后有何感受？我想再回到开头托卡尔丘克的那个故事，让一个三四岁的小孩子看到自己六十岁的样子，这肯定是非常可怕的。但就像塞维涅夫人说的，二十岁时看到自己六十岁的样子，会不会还觉得可怕？我是有点儿怀疑的。二十岁的人会觉得未来有无穷的可能性，只要把握住一两个机会，就会有脱胎换骨的改变。

我觉得最可怕的，是让一个五十五岁的人看到自己八九十岁的样子，那当然是一段下降的路，未必是缓缓下降，你看不到它倾斜的角度，不知道哪里有一个很陡的坑，你也没有什么改变的可能性了。日常生活中让人安心的帷幕撤去，所有的努力都是徒然。你会老的，你会死的，这就是最平常的恐怖故事。

苗炜

序 言

　　这是给那些正在老去之人的忠告——你现在可以放手了，放开直至现在仍是你生活中心的东西。把它们抛诸脑后，开始倾听你内心的声音。放下界定你存世身份、迫使你因之而关切思虑的东西；让你的本质存在显现出来。请开始走向人生的成熟期。

——卡尔弗里德·格拉夫·迪尔凯姆[1]

1　卡尔弗里德·格拉夫·迪尔凯姆（Karlfried Graf Durkheim，1896—1988），德国心理咨询专家与禅宗研究者。

目 录

November

2017 年　　　　　　　　　　　　**11 月**

今天，我迎来了自己九十岁的生日，但还
有太多的东西有待发现。

······ 1

December

2017 年　　　　　　　　　　　　**12 月**

有年轻朋友的一大幸事就是，他们没有任
何礼节的顾虑，而且会对你直言不讳。

······ 30

January

2018 年　　　　　　　　　　　　**1 月**

像许多老人一样，我发现冬季的暗夜很难
熬。但我不能太萎靡。

······ 59

2018 年

2 月

大自然给我们的最大启示是，当一切似乎都已死去或休眠时，新的生命就开始了。

······ 90

2018 年

3 月

当对我来说最重要的人已经不在时，我该如何继续生活下去？

······ 116

2018 年

4 月

无数老年人深感孤独，是因为他们在生活中不再有明确的角色。

······ 142

2018 年 May **5 月**

随着技术的发展，很多工作会被机器接管，由此而来的自我失落感将成为一种非常普遍的经历，所有年龄段的人都不例外。

······ 171

2018 年 June **6 月**

善良是人性，不是神性。我们不需要对人之善做外在的解释。

······ 203

2018 年 July **7 月**

一个人要获得新的成长，就不得不甩掉旧的东西，由此蜕变。

······ 223

2018 年

8 月

变老的一个重要方面，就是学会放手!

······ 248

2018 年

9 月

虽然我们的外在之人日渐消瘦衰老，但我们的内在之人却每天都在更新。

······ 268

2018 年

10 月

爱的成长不是一条直线，而是一连串的波峰与波谷。

······ 297

2018 年

没有谁是一座孤岛，在大海里独踞。

······ 328

致谢
······ 343

译后记
······ 349

2017年 **11月**

11月11日

今天，我迎来了自己九十岁的生日，但还有太多的东西有待发现。诚如歌德所言："成为你想成为的人。"

回顾我的一生时，我意识到有很多人经常在关键时刻出现，为我指明前进的方向，或引导我远离某些有害的行径。而且重要的是，有人会毫不犹豫地举起一面镜子，让我能清楚地看到自己的错误和过失——如果有朋友能毫不忌讳地对你说真话，那你确实是有福之人。另外，我感到惊讶的是，这些人生邂逅中有很多次看上去几乎像是计划好的，就仿佛是预先设定的人生图景中的一部分。正如约瑟夫·坎贝尔[1]所说的："只需知道并坚信，那永恒的守护者就会出现。"

记得在二十一岁时，我正处于濒临崩溃的状态，一天，我碰巧路过伦敦奥格尔街的一座天主教堂——我此前从未去过这座教堂。当时的我是一个虔诚的天主教教徒，便决定进去忏悔。我从未见过那位神父，他只是隔板后面的一个声音，但听了我的忏悔之后，他建议我去格洛斯特街找弗朗兹·埃尔克西医生。于是，一段有趣的荣格精神分析治疗便开始了，这使我能够将自己的"拼图"碎片拼凑起来，成为我想成为的人。之后，这样的见面和邂逅一次又一次地发生。

为了避免我显得自满自得，需要指出的一点是，这一切都发生在我财务状况不稳定的背景之下。有成功、有失败、有背叛、有失望，也有大门"砰"的一声在你面前重重关上的时刻——这些也是人生旅程中必经的部分——而我们始终要面临的挑战是如何处理

---

1 约瑟夫·坎贝尔（Joseph Campbell，1904—1987），美国作家，致力于神话与宗教比较研究。

这些挫折、痛苦与困难。

最近几年，我会时不时地重读一遍西塞罗的《论老年》。在这本书中，他写道："当我离死亡越来越近时，那感觉就仿佛在一次漫长的远航之后终于要抵达港口。"就我自己而言，无论在这世上还要活多少年，我都不再惧怕死亡。怎么会有这个念头的呢？早在数十年前，我做了一个梦，梦中有人把一艘看起来像一片卷叶的小船指给我看。那人告诉我，这就是我来世间所乘的船；在船里面，我还发现了一张回程票。那时候我便知道了，只要时机一到，我就会回到原本所在的地方。当我把这个梦告诉埃尔克西医生时，他当场宣布："你的精神分析治疗到此就可以结束了。"

到了这个年纪，我清楚自己已经走了多远，但我也知道有些旅程尚未完成，因为正如诗人T. S.艾略特在《四个四重奏》中所说的："老人仍然应该做探险家。"老头子当如此，老太太也应如此！

尽管如此，我却已经精疲力竭了。我不喜欢人们仅仅因为我九十岁，就将焦点集中在我身上！不过，

3

这是一场快乐的庆祝活动，从上周日（本月的第一个周末）开始，冥想小组成员就欢聚在了一起。晚餐时，每个人都带了自己准备的一两道菜给大家分享。皮尔斯·普拉莱特[1]做了一个简短的发言，但这更像是一个家庭聚会，人们三三两两凑在一起，谈天说地；之后我们走进花园，点燃了烟花！但需要注意的是，因为受了风寒，我这几天已卧床休养两次。昨天，也就是十号，起床后，我感觉脑袋昏昏沉沉的，浑身虚弱无力。我在加里克俱乐部举办了一场小型烛光晚宴，参加晚宴的还是我们这十四个人。

11月12日

昨晚我梦见自己开着一款新车，却不知道怎么停车。突然，我面前出现一道双扇门，车子冲了进去，驶入一条长长的隧道。隧道不断向前延伸，直到尽头，

---

1 皮尔斯·普拉莱特（Piers Plowright，1937—2021），英国广播公司（BBC）著名制片人。

然后我走出去，来到海边一家新酒店的前厅。

在等待填写入住信息期间，透过左边的一扇门，我看到在较低的楼层上有一间带窗户的餐厅，窗外是海滩与远处的大海，潮水还没涨上来，海滩上散布着泥滩与水汪。餐厅里，一名年轻的女房客正独自坐在桌子旁用餐，她抬头看看我，笑了笑，然后又继续吃饭。

冲过隧道这一场景，我理解为九十年的时光匆匆而过，所以眼下我是在一个完全不同的空间里，潮水还没有涌进来。我要在这里停留一段时间吗？与"阿尼玛"[1]说说话，等着浪潮逆转？

这让我想起了一周前的噩梦，醒来时，我听到隔壁的房客在敲我的房门，问我是否安好。我当时一边尖叫，一边用脚胡乱地猛踢，像是要把什么东西推开似的。梦里，母亲正用力推我的门，想进来，而我则在门的另一侧踢她的肚子。她看上去非常强大。这让

---

1 阿尼玛是荣格提出的两种重要原型之一。阿尼玛原型为男性心中的女性化意象，而阿尼姆斯为女性心中的男性化意象。

我想到了"大母神"的原型，其中那种控制欲极强的母亲，她们会"吞噬"自己的孩子，"咬碎"子女的骨头，而不是给予孩子自由和独立。我想到，有一次，母亲看着我六岁时拍的一张照片——照片中的我满头鬈发，就像童星秀兰·邓波儿那样——说："要是你一直这样就好了！"（母亲原本希望生个女儿的）。事实上，在她去世的前几天，卧床多日的她特意坐直了身子，对我说："亲爱的，谢谢你所做的一切。哪怕你是个姑娘，也不可能做得比这更好了。"听到这些话，我回答道："你怎么可以对一个五十岁的中年男人说这种话！"

11月13日

受了风寒，卧床休息。

11月14日

我的家庭医生乔纳森来上门问诊。针对我腰部左侧的慢性疼痛，他将安排X光检查——疼痛可能与结肠有关。

11月15日

依旧卧床休息，风寒感冒让我脑袋昏昏沉沉的，鼻涕直流。昨天下午，一个朋友发现我的VISA卡被盗刷了近五千英镑，这让我非常痛苦。我感到震惊和困惑。由于我们当地的银行分行已暂停营业，所以在打了一个小时的客服电话后，我们乘出租车去了最近的网点——芬奇利路上的国民西敏寺银行。然后，朋友又花了两个小时才把这件事搞定。没有他，这事我可办不成。但是，我的钱包又丢了！！脆弱的老年人！

11月16日

病愈，去给我的美国学生上课。

11月18日

与竖琴演奏家弗朗西斯·凯利合作举办朗诵音乐会时，我将名字定为"迄今为止的旅程"，因为演出中的文本素材（包括诗歌和散文）都来自我人生旅程中那些对我产生了重要影响的经历。但关于变老，我总是会澄清一个要点：当有人说"我老了"时，我会反驳道："不，应该是你年龄更大了！""old"这个词的最后一个字母"d"，听上去就像关门时"砰"的一声——仿佛生命终结。我们的年龄更大了，这没错，但我们仍在学习、仍在成长，直到最后一刻。

11月19日

近些天，我重读了一位音乐家朋友的来信。她结了婚，子女也已成年。她在信中写道："我有几个月极为忙碌，所有的工作都一窝蜂地涌来，我有时候觉得太累了，担心自己无法尽力而为，做到最好。

"步入六十岁后的人生完全是一种陌生的处境。随着年青一代的聚集，新的团体正在形成，而你手头的工作却开始慢慢减少。我很高兴看到，我教过的学生在专业领域取得成功，但与此同时，要我放手这一切并不容易，毕竟还有谋生的压力（和必要性）！年龄歧视，以及某种程度上的性别歧视（虽然我讨厌谈论这一点）仍然存在……但也有两个不可否认的事实：首先，我不再拥有几年前的那种精力、专注力和耐力，另外，我一向很好的音乐记忆力，也不那么敏捷和可靠了；其次，我确实觉得让年轻人参与进来很重要——他们需要机会，我们不应该死守着不放。

"可是，亲爱的！如果我是运动员、舞者甚至歌手，那我可能很久以前就不得不正视这一问题……不过，你仍然能给后来者提供一些启发。总的来说，我接受了这种改变。我意识到，有时我会想放下乐器，举手投降，我不是天生的斗士……但创作音乐是我整个生命中如此重要的一部分。我依然相信正确的解决方法会出现。"

这里的重点是，人生每十年就会要求你做出微妙、有时是重大的改变。因此，我们必须学会如何接受变化。不仅如此，我们生命的真正使命或意义往往要到人生中途才能显现出来——这样的情况常有发生。正如布赖恩·罗伯的妻子芭芭拉·罗伯的故事一样——她为我的童书《奥德与艾斯维尔历险记》系列（共七本）画了插图。

芭芭拉年轻时一直接受芭蕾舞演员的专业训练，直至她的一只脚受伤，不得不放弃了刚刚起步的职业生涯。之后，她接受了艺术培训；再后来，经过职业分析，她成了一名艺术治疗师。不过，直到五十多岁，她真正的人生志业才浮出水面：当时她年迈的祖母住院了，她发现，在一间塞满了四十张床位的病房里，老年病患们的眼镜、假牙、助听器及其他提供便利的生活必需品全都被剥夺了，老人们的生活陷入了一种极度孤独和无所事事的乏味状态。不仅精神病院如此，许多其他医院也是如此。当时，数以万计的老人生活在精神病院里，而这种狄更斯式的故事竟发生在富足的20世纪60年代！她花了几个月的时间才把祖母转到一家私人疗养院。之后，她前往英国各地，与老年医院里的医生和护士们交流，并出版了一本名为《什么都没有》的书。该书一经出版，即销售一空，《观察家报》还推出了独家连载。1965年10月，在斯特拉博吉勋爵的帮助下，她创立了"AEGIS"[1]。该组织有三个目标：一是让公众认识到老年患者在公立机构接受的护理存在某些非常严重的缺陷；二是设计和宣传针对这些缺陷的补救措施；三是鼓励使用老年病护理的现代方法，呼吁人们重视康复治疗。作为结果，议会通过了提案，并对相关行业进行了重大整改，以确保这类恶劣状况不再出现。

11月20日

约瑟夫·坎贝尔的著作对我的人生产生了很大影

1　AEGIS，全称为 Aid for the Elderly in Government Institutions（政府机构对老年人的援助）。

响。他最著名的一句话也许是"追随你的极乐至福"，这并不是说一个人应该自我放纵，无视他人，而是要弄清楚你想成为什么样的人。"向前，向前，进入超验的世界！"他在一次演讲中说，"摆脱你原本计划好的生活，才能拥有等待着你的生活。"每年给我的美国学生上课时，我都会讲玛丽·奥利弗的诗歌《旅程》，我知道这首诗对他们来说意义重大的原因。他们意识到来自父母、老师和社会的压力（或许在美国那种外向型文化中更是如此），认定了必须成功，必须挣到大把钱。

奥利弗那首诗的开头是这样写的：

有一天，你终于知道

何为你必做之事，然后着手去做……

在摆脱一切时，诗人听到了一个新的声音：她慢慢意识到那是她自己的声音。随着她越来越深入这个世界，这声音始终陪伴在她左右，让她"决心做你唯一能做之事——决心救赎你唯一能挽救的生命"。

这让我想起了我认识的活得最知足的人之一——内维尔·杜伊斯。20世纪70年代，他是索尔兹伯里剧院的常驻舞台设计师。有一天，他坐在一座小山的山顶上，自问道："往后余生，我是否真心愿意每三周鼓捣一次舞台设计？"也正是在那个时候，"泥土"这个词进入了他的脑海。随后他放弃了剧院的工作，买了一辆单车，成为一名兼职园艺师，打理着大约十四所住宅的花园。他租住在布雷瑟顿的一栋乡间别墅，那是一排别墅中的一栋，位于教区长（乔治·赫伯特[1]曾担任过这一神职）住宅对面。杜伊斯自己种菜，还将其中一间房出租给那些来索尔兹伯里剧院演出的演员和导演，正因为此，我在1981年执导《查令十字街84号》舞台剧的全球首演时才认识了他。当时他的收入相当微薄，平均每周大约一百英镑。

许多人，尤其是男性，在四十多岁时，会经历一场中年危机，意识到他们的生活缺少了一些非常重要

1　乔治·赫伯特（George Herbert，1593—1633），英国诗人、演说家。

的东西。但改变方向永远都不晚。

11月21日

一整天都在清理旧物。我把所有的档案材料都堆在了房间中央，包括我五十年来的日记，它们将被送往得克萨斯州奥斯汀的哈里·兰瑟姆档案馆……我一生都在收集、记录、存档，而如今，在最后的岁月里，我很高兴自己能放下这一切，彻底摆脱它们。随着年事渐高，这是另一个重要的教益，就是愿意放手人与物……就像那些已逝的朋友。真的，也许可以说，我们没有给这个世界带来任何东西，也没有从中拿走任何东西！我们的目的是轻装旅行，清醒地知道我们在这世间只作短暂停留，随后又将继续前行。

11月22日

昏睡到中午！昏头昏脑，站也站不稳。

11 月 23 日

年老的一个滑稽迹象是，我开始因为无生命的物件感到沮丧，它们让我变得总是骂骂咧咧的！有时，当我失手弄掉了什么东西，或者下床时脚被床单绊住，我会低吼："该死的床单！"或者当我试图穿袜子，左脚很容易搞定，但右脚要浪费很多时间时，我也会咒骂和抱怨！

11 月 24 日

与访客共进午餐。但由于右耳感染，这只耳朵不能戴助听器，我没法一直跟上他们说的话。

11 月 25 日

在前几天的日记中我就已经提到，我对放弃自己的部分财物这一决定感到开心。而且我也在放下其他的东西。例如，我婉拒了所有的午餐或晚餐邀请，因为我觉得这些活动相当累人，不过，我十分欢迎人家来我这里做客。另外，我还决定不再为任何书写书评，也尽量少看电视。然而，这种退出并不像看起来那么消极：它更像是一种定下心来的专注思考；我认为这是一个积极的举动。

我的同龄人指挥家科林·戴维斯爵士对其八十多岁时人生状态的描述十分有趣：

随着渐入高龄，一个人的自我变得越来越无趣，对自己和其他人来说都是如此。我已经在自我周围流连了太久。作为乐队指挥，你的自我越少，你的影响力就越大。（摘自2011年5月12日《卫报》上的报道）

11月26日

变老带来一个挑战就是，尽管明知来日无多，还是要在既成现状中发掘意义。然而，对当今的很多人而言，退休不仅意味着失去工作，还意味着自我身份标识的丧失，以及收入的锐减。国际阿尔茨海默病协会2012年的报告显示：七十五岁及七十五岁以上的老龄人口，有一半都是独居；与此同时，大约有五百万高龄老人表示，电视是他们主要的陪伴。他们觉得，伴侣已经去世，孩子们也已定居他处，自己没有了可发挥余热的空间。正因为此，佰林基金会的工作才显得特别有价值，该组织旨在为老年人提供展示其才能的机会，鼓励他们尝试绘画、唱歌、舞蹈、表演等各类艺术活动。因此，对很多老年人来说，这是一个其社会角色从消极被动到充满创造力和成就感的深刻转变。正如弗朗索瓦·马塔拉索在《冬季火焰》一书中所说："这一代老人，在七十岁、八十岁和九十多岁的时候，还在追求自己的艺术兴趣。通过这些行为，他们不可避免地改变了人们对'变老'的定义，将一种以被动的社会存在为特征的状态转变成了一种充满活力和主动性的积极状态。他们正在改写关于变老的故事，而由此产生的结果将对他们的儿女及儿女的儿女有重要意义。"

1974年，我在威尔士的拉德诺郡发起并创立了布莱德发信托基金会，该机构的核心工作是激发他人潜在的创造力。布莱德发"谷仓中心"（也就是创作空间）的墙上有几句西班牙诗人加西亚·洛尔迦的诗句，概括了基金会的追求与主张：

> 诗、歌、画
> 只是水
> 从众人的泉流中汲取而来
> 应装在精美的杯子里归还给他们
> 好让人们饮用
> 他们喝一杯，便懂得了自己。

正如布莱德发信托基金会的主要赞助人——大主教罗恩·威廉姆斯博士所言："我们鼓励每个人的创意表达，并借此帮助他们成为完整的人。"

很多人的悲剧在于，他们突然（而且往往为时已晚）意识到自己浪费了生命，未能发挥出自己的潜能：出生时是亿万富豪，死时却是穷光蛋。而关于创造力与灵性之间的关系，人们至今仍然知之甚少。我这里所说的"灵性"指的是一个人内心深处自我的发育程度。遗憾的是，就像乔安娜·特罗洛普[1]在她的小说中所指出的："有太多人缺乏把生活过得丰富多彩的能力——无论是哪种程度的丰富多彩，他们都无法做到。"

重要的是，我们应该认识到大部分人其实都拥有不错的创造力与想象力，尽管这些能力可能一直荒废未用。因此，人们需要去发现或重新发现如何将他们最迫切的情感、冲突、渴望和快乐表现出来，以便更好地了解自己和他人。创作或演奏音乐、加入唱诗班、写日记、搞园艺，所有这些都是增进了解的方法。

我们的任务当然是让人们能够以某种形式发挥他

---

1 乔安娜·特罗洛普（Joanna Trollope，1943— ），英国当代畅销书作家，代表作《从南方来的女孩》。

们的创造力：通过运动、舞蹈、声乐，加入缝纫小组，或是与他人一起做音乐。最重要的一点是认识到创造力就在我们的日常生活和兴趣爱好之中；无论是建立一段人际关系，还是建造一栋住宅，或是打理一座花园，我们都能以某种形式展现自己的艺术天分。在艺术领域，我们就像为爱情献身一样投入。例如，有一些家居环境和人际关系，当你进入其中时，便会立刻意识到那里有某样东西或某种氛围是基于爱的准则而创建的。

我们都知道，收到别人亲手制作的礼物比从昂贵精品店里买来的现成品更有意义：一条面包、一个蛋糕、一条手工编织的围巾、一株从种子开始亲自培育的植物、从某人的菜园里摘的一篮子蔬菜、一顿意料之外的美餐，或者一个温暖的拥抱。爱，是这一切的根基。正如珍妮特·温特森[1]在接受专栏作家贝尔·莫尼的采访时所说的："我在这世上的职责就是让人们敞

1　珍妮特·温特森（Jeannette Winterston, 1959—　），英国女作家，代表作《橘子不是唯一的水果》。

开心扉，去寻找那隐藏于生活之中与他们身上的欢乐与力量，帮助人们摆脱这种渺小、被束缚和失控的感觉。我对艺术如此热忱的原因之一在于，它是如此宽泛，开启了我们心灵的'大教堂'——你可以进入其中稍作停留，可以祈祷，然后感到自己不再渺小。我们必须努力让人们的生活重新变得有意义。"

11 月 27 日

我经常想起爱尔兰诗人、作家肖恩·邓恩，他去世时年仅三十八岁。在去世前一天晚上，他吻了两个年幼的儿子，道了晚安，然后与妻子一起上床入睡，可第二天早上妻子醒来时，发现他已经死了。没有人知道死神最终来认领我们的具体时间，但当我们步入八十岁后，会更真实地意识到，我们正在接近人生旅程的终点。像朗费罗[1]一样，我们意识到，无论我们取

---

1 亨利·沃兹沃斯·朗费罗（Henry Wadsworth Longfellow，1807—1882），美国诗人、翻译家。

得多少成就和荣誉，无论它们是伟大的还是微不足道的，我们"在身后留下的，只是时间之沙上的足迹"，而它们也将被下一波潮水抹去。与维吉尔一样，我们意识到，"不可挽留的时间正在飞逝"。

记得有位人士讲述过他第一次到西方时的情形，当时最令他困惑的是，在现代西方文明中，对于临终者几乎都没有提供精神上的帮助。他听说了许多关于西方人在孤独、极度痛苦和希望幻灭中死去的故事，没有获得任何精神上的帮助或指引。在西方国家，不管走到哪里，他都惊讶地发现人们对死亡的恐惧在心理层面产生了极大的痛苦，无论这种恐惧是否被承认。给予临终者精神上的关怀，是一种再自然不过的事，但在西方，大多数人对临终者唯一的精神关怀却是去参加他们的葬礼。他指出，人们在最脆弱的时刻却被遗弃了，几乎得不到任何帮助或关怀。

但这种对死亡的恐惧是什么呢？难道不是我们所有恐惧的集合？害怕失败，害怕爱情不会持久，害怕自己最终被拒绝，孤苦一人；害怕自己可能会失去工作，无法支付房租、按揭贷款和其他账单；害怕自己承担了太多而无法应对，害怕自己太自负、好高骛远；害怕自己可能会做一些不理智的事情，从而毁了我们的生活或事业。我们此前一直认为，生活尽在自己的掌控之中，直到突然间有什么东西攫住了我们，让我们变得手忙脚乱。不仅如此，还有那些返祖性恐惧，比我们意识到或愿意承认的更为普遍，例如对黑暗、意外、小动物（如昆虫）的恐惧。有些人生活在自己臆想出来的恐惧中，比如被抢劫或被困在某个未知的险恶之地。这些恐惧中有许多都是我们自身阴暗面的投射，是我们本性的不同侧面，而我们往往倾向于忽视甚至否认它们的存在。恐高或许可以追溯到童年时的某次经历。同样，早期经历的家庭关系破裂、虐待，或者被某个权威人物——无论是父母、神父、老师还是亲戚——背叛，都是恐惧之源，还有对性的恐惧与失败……这个清单无穷无尽，无论我们变得多么成熟或成功，这些恐惧往往就隐藏在表面之下，伺机而动。

但这些恐惧有什么共同之处呢？是对未知的恐惧吗，其典型是当什么都无法辨认，一切都失去方向时，对黑暗的恐惧？事实上，这是对自我身份不确定的恐惧。我到底是谁？从这个意义上说，我们一生中，在走向肉体死亡的道路上会经历许多次小规模的死亡。

不过，死亡之外还有什么？——"那是一个未被发现的国度，没有旅行者从那里返回。"就我自己而言，我不害怕死亡，而且在直觉深处，我知道其中存在一种连续性。英国作家D.H.劳伦斯在法国南部行将就木时写道：

> 造起你的灵船吧……因为你必须走完最
> 长的旅程，抵达湮灭。[1]

1　译文引自《灵船》，［英］劳伦斯著，吴迪译，上海文化出版社，2013年1月。

11月28日

我的家庭医生乔纳森打来电话，说我需要在十一点十五分到诊所做血检，因为明天要做胃部X光检查。十一点半，我去耳鼻喉科检查了一下耳朵感染的情况，因为耳部一直很疼，滴药水也不管用。然后，与朋友马尔科姆·约翰逊在加里克俱乐部共进午餐，约翰逊是一位牧师，在电子邮件中总是称呼我为"Owlie"[1]，因为他觉得我是一个智者！但我可不这么认为。我肯定没有我三十八岁的房客那般聪明和机敏，他对人有着非同一般的洞察力。我擅长的只是倾听，虽然这经常让我陷入麻烦——跟女人之间的麻烦！我记得，一位女性朋友曾严厉地对我说："你不能再这样看女人了！"她拒绝解释这是什么意思，我实在摸不着头脑。当时，我正在指导安妮·罗杰斯饰演话剧《欲望号街车》中的女主角布兰奇，然后我告诉了她这件事。"很明显，"

1　猫头鹰（owl）的口语化昵称，猫头鹰是传统的智慧象征。

她说，"你如此专心地听人讲话，但一般情况下，女性不习惯一个男人这么全神贯注地听她们说话，因此，她们当然就以为你爱上了她们！"

倾听是一门艺术。这让我想起了我最喜欢的格利高里修士的故事。他是伍斯特郡格拉斯汉普顿修道院的方济各会修士。他告诉我，一所顶尖学校的校长（忘了是哈罗公学还是伊顿公学），问他是否愿意见一个出身名门但沉迷于毒品的十六岁男孩。他见了那孩子。几周后，格利高里收到校长的一封来信，信上写道："我不知道你对这孩子说了什么，他完全变了。"

"有趣的是，"格利高里修士告诉我，"我什么也没说，就只是听那孩子讲。"但很明显，这位修士的倾听质量是如此高，所以男孩在谈论自己的问题时，就仿佛通过镜子审视自己。

11月29日

今天要去皇家自由医院做胃部和结肠的X光检查，

看看是什么毛病导致了我腰侧的持续疼痛。

我继续思考人生的最后阶段。正如斯维登堡所言，死亡不过是从一种状态过渡到另一种状态。我们死去，是为了重生。恰如约翰·奥多诺霍[1]所观察到的："当我们看到有人死去，那便是我们所看到的。但对那些等待在另一边的人来说，他们看到的是有人降生。"

我们如何穿过最后一扇门，如何死去，取决于我们怎样应对生命中每小时、每天、每年所经历的死亡。如果我们学会如何度过这些较小规模的死亡，那么每一次死亡都可以成为一次复活，每一次结束都是一个新的开始。如果我们在今后的岁月中这样做，那么我们也会听到来自另一个房间的音乐（而且声音会越来越近）：那是现世之外的另一重生活，但仍与当世的我们有关。正如伊迪丝·西特韦尔[2]所写："爱不会因死亡而改变。什么都未失去，一切都是收获。"

1　约翰·奥多诺霍（John O'Donohue，1956—2008），爱尔兰诗人、牧师、黑格尔派哲学家。

2　伊迪丝·西特韦尔（Edith Sitwell，1887—1964），英国女诗人。

为了进行胃部 X 光检查，早上一直禁食。预约的检查时间为十一点四十五分，因此我于十一点半到达了皇家自由医院。可是等了一个半小时，我才被叫到名字。不过我注意到，这家大医院里挤满了不同年龄和肤色的病人，医护人员忙得不可开交。这周五，我还要再来一次，做结肠镜检查，看看我的结肠区域出了什么问题，那里总是隐隐作痛，有时还伴随着剧烈的刺痛感。

11 月 30 日

耳朵疼得叫人难以忍受，在夜间，那种抽搐的阵痛更严重、更折磨人。我没能等到周二通过国民医疗服务体系去看专家，而是在晚上六点半去圣约翰与圣伊丽莎白私立医院看了一位耳科专家。

圣约翰与圣伊丽莎白医院的耳科专家德苏扎先生用注射器对我的耳朵进行了清洗。过程很痛苦，他把里面所有的脏东西都清理了出来，而且拒收诊疗费，所以我只需要支付就诊费。从伯克郡授课回来的房客劝我接下来几天不要出门，因为预报有霜雪，但明天下午两点，我得去做内窥镜检查，而且还要禁食到那时候。待检查完后，我的朋友塔西会打车送我回家。

12 月 2 日

　　房客将离开几天，去探望他的母亲、兄弟和朋友。十一点，查理来访，说他三十多年的婚姻破裂了。他的妻子不肯说原因，也不愿敞开心扉地聊一聊，但坚持认为两人得分开了，所以他们的房子需要挂牌出售。

　　我的身体尚未恢复，仍然不适，所以取消了周三与斯蒂芬、周四与查理，以及周六与吉尔共进午餐的约定。我打算安静地度过一周，而这正是房客一直奉劝和建议我做的——有时我挺固执的，但我正在学习听取他人的意见！有年轻朋友的一大幸事就是，他们没有任何礼节的顾虑，而且会对你直言不讳。

12月4日

我不知道今天发生了什么，因为这一天已经过去了！部分原因是我的耳部感染极为严重，那种抽搐的疼痛感非常强烈。直到凌晨五点左右我才勉强入睡，而且还是服用了一片止痛药后才奏效。

12月5日

我刚刚在约翰·奥多诺霍的作品中看到了以下内容：

> 当你被理解时，你就像在家里一样自在……朋友，是你所爱的人，他能唤醒你的生命，释放你内心无限的可能。

当然，喜欢某个人与坠入爱河有很大区别。喜欢某个人是把那个人当作人来接近，坠入爱河是把那个人变成神，而对方或许根本就达不到这份期望！正如詹姆斯·霍利斯[1]在他的知名著作《中年航程》中所指出的："每天生活在一起，会消磨掉那种期待的心理投射，只留下关于对方的他者感。"因此，夫妻后来经常会抱怨说："你现在这副德行，根本就不是当初跟我结婚的那个样子。"但双方从来都不是对方以为的那个人！作为个体，每个人都必须在这个由关系构成的"容器"中继续成长。婚姻或伴侣关系的好坏取决于身处其中的这两个人。

12月6日

仍然畏寒，感觉难受；耳朵仍抽痛。晚上六点半左右，克里斯顺道来看我，我们分享了一瓶白葡萄酒。

---

1 詹姆斯·霍利斯（James Hollis，1940— ），美国著名荣格学派精神分析师、作家。

尽管他非常年轻，才三十三岁，我却从他身上学到了很多东西。

12月7日

过去两周里，我一直被耳朵感染带来的抽搐阵痛折磨，总的来说，情绪低落，提不起精神，所以我还挺开心房客已经离开了。有些时候，这种身体上的折磨，自己一个人克服会比较好，只要熬过去就行。不过，他今天夜里晚些时候会回来，一般在那个钟点，我已经沉沉入睡了，但他的归来让我感到很开心！他是我生命中非常特别的一个人。五年前，与我相伴五十四年的海威尔去世后，我选择了独居，也因此感到自在，所以我无法想象再与其他任何人来共享这个空间。所以，有三年时间，我独自一人住在这里。后来一位朋友把我写的一本关于冥想的书——《发现静默》，送给了他的一个年轻同事；他告诉我，那个同事每天泡澡时都会读这书！我很好奇，说让我们认识一下吧。之后，这个同事经常来参加各种聚会，而且每次都会问我一些关于海威尔的问题，试图构建海威尔的形象，这让我深感欣慰。我们的大多数朋友显然都认识海威尔，而那些不认识的则不好意思开口询问。最后，我问他是否愿意住在这里，有自己单独的卧室与卫生间，就像一个只有两个成员的兄弟会：一个年长的修士和一个年轻的修士；一种纯柏拉图式的友谊。

事实证明，和这样一个有自己的生活和朋友圈的人生活在一起，充满了各种挑战，并且我发现，自己每天都在学习新事物、接收新观点。

12月8日

右耳疼痛，已经持续了两周，而且治疗似乎也没有效果；痛得如此剧烈，让人难以忍受，我可从来没有过这样的感受。不过，能有这样的切身体验倒也有个好处，就是可以稍微了解一下有些人不得不忍受的痛苦。这次，我预约了周一去圣约翰与圣伊丽莎白医院见德苏扎先生。

12月9日

躺着，醒着……一直到凌晨五点，那阵痛太可怕了。最终，我冒险吞下两粒布洛芬，然后昏睡到十一点半。上午，疼痛似乎有所缓解，也许有什么东西挺管用。

我想起了亨利·詹姆斯[1]的话："观察。观察。观察老年的冲击。"换句话说，就是不要自怨自艾，也不要用"器官独奏会"[2]给朋友带去心理负担，而是要冷静地看待正在发生的事情。

例如，我意识到自己身体的平衡大不如前，外出散步时，如果带着像购物车那样的手扶推车，我会感到更安全。在加里克俱乐部就餐，起身去厕所时，我意识

---

1 亨利·詹姆斯（Henry James，1843—1916），英国小说家、文学批评家、剧作家和散文家。

2 organ recitals，字面意思为管风琴表演，这里是作者的一种幽默说法，即向朋友详述自己的病况。

到自己走起路来已是老人的模样。这让我想起了奥古斯都·黑尔[1]自传中一段极为出色的描述：

在伦敦时，每天上午我都会去雅典娜俱乐部工作，那里比这里还清静，并且不受打扰。没有什么地方比雅典娜俱乐部更能让人感受到死亡的奇怪印象了。你习惯了许许多多不认识的人，习惯了他们的来来往往，他们几乎成为你日常生活的一部分。你看着他们慢慢变老：衣冠楚楚的年轻人变得两鬓斑白——最初他对自己的仪表、着装过于讲究，后来就满不在乎，不修边幅了；你看到他的脸上沟壑纵横，皱作一团，头发逐渐由灰变白，最后腿也瘸了，腰也弯了。你开始对他的咳嗽、不自觉发出的哼哼声及一些小怪癖感到担心。然后突然间，你意识到他已经不在那里了，

1　奥古斯都·黑尔（Augustus Hare，1834—1903），英国作家，以擅长说故事著称。

而你此前所有的小烦恼顿时显得荒谬可笑。
有一段时间，你会很想念他，但他不会来了。
他不再咳嗽，也不再将地板踩得嘎吱作响。
他已经进入你看不见的未知世界。渐渐地，
他被遗忘了。在他原来所生活的那个地方，
这个人已无人知晓。但岁月的车轮仍在继续
转动：在为别人而转动，也有可能是在为日
渐衰弱的我而转动。

12月10日

　　我把闹钟定在了早上八点，但昨晚服用的布洛芬
让我睡得很沉，我完全没听到手机响铃。闹铃响了大
约二十分钟，最后把房客都给吵醒了，然后他叫醒了
我！在圣多米尼克教堂的弥撒结束之后，鲁珀特·肖
特会在九点半来吃早餐。所以，我迅速冲了个澡，然
后开始准备早餐。此时，我看到窗外白茫茫一片，雪
花还在不停地飘落。然后我的笔记本电脑的屏幕上弹

出一条鲁珀特的信息，说他原本已经开车出发了，但由于天气，现在不得不返回。

12月11日

与罗杰威廉姆斯大学戏剧系主任杰弗里·马丁和学者服务中心的简·帕斯（她负责组织和安排学校的各类课程）共进午餐，在过去的四十六年里，我每年秋季都会在该学院教表演课。不过我认为，是时候停止授课了。

12月12日

昨晚，我在伦敦桥附近的碎片大厦与德苏扎先生见了面。他又一次拒绝收费，并说："我的同事并不总是能理解我。我当然需要挣钱，但我学医不只是为了挣钱。所以有些病人，我还是会继续不收费。"我送给他一本我的回忆录，并在上面写了赠言。

到家时，我发现温室花房那边不出热水，灯也出了故障，但不清楚是什么原因造成的。于是我打电话给马瑞斯——他就像守护天使一样——大约一个小时后，他来了，问题总算解决了！

一个朋友给我发来电子邮件，说："年纪越大，就越意识到，如果要与自己达成和解，平静地走向终点，就必须正视自己身上的所有污点。"我认为，这是走向成熟的一个重要方面。在成熟的年纪（也许是在任何年纪），我们都需要意识到并接受自己的许多失败和缺点。例如，有些人在无情追逐成功的过程中，对他人表现得十分粗鲁，或是将其推到一边，还有些人在人际交往中会撒一些微不足道的谎，或在一些小事上背叛他人，对伴侣不忠，有时还会有更严重的背叛行为，或造成不必要的痛苦。这些都是我们必须坦承的失败、人性弱点，以及对他人的麻木不仁，而承认这些，应该就像我们承认自己做过的许多善行一样。我们必须全面了解自己。

在某种程度上，冥想最重要的特征之一在于其方式，它可以让我们的所有污点浮出水面：隐藏的愤怒、嫉妒、怨恨、欲望等。我们必须学会如何接受我们内心这些负面的东西，像莎士比亚《暴风雨》中的普洛斯彼罗一样，在谈到半人半兽的卡利班时，敢于承认"卡利班身上的这些黑暗面，我也有"，而不是像一个接受精神分析治疗的人那样。

关键在于，我们每个人都必须为自己负责，因为我们唯一能改变的就是自己。

12月13日

耳朵和脑袋痛得厉害，我只好打电话给耳科专家的秘书，预约明天去圣约翰与圣伊丽莎白医院做扫描检查。痛得连吃东西都困难。一切了无生趣。

12月14日

反思当今这代人对平板电脑、手机和电脑的依赖，有些人整天开着广播或电视，有些人甚至拿着手机睡觉！这种对寂静的恐惧，到底是怎么回事？它究竟是什么？对科技如此依赖，无疑承认了我们的孤独，承认了我们被人需要的需求，只要脸书和推特之类的社交媒体存在，我们似乎就并非孤家寡人。然而，静默是通往更深层次精神世界的大门，也是独自走完人生旅程的必要组成部分。或许，这也解释了为什么当一个人与他人共享这种更深层次的静默时，一个冥想小组的集体冥想会变得既强大又有益。无须任何言语，即使每个人的冥想方式都不同，我们也能被这种静默联系在一起。

虽然我一生中动过几次大手术，但从未经历过像这次耳部感染这样的疼痛。这一痛苦体验让我明白，为什么有些人会选择结束他们的生命，而不是继续忍受如此强烈的痛苦。

见过德苏扎先生后，我就回家了。他说我的炎症已经减轻，还给了我一些特效止痛药。服用之后，疼痛大为缓解，这下我宛如得救，终于松了一口气。

我收到了一封电子邮件，来自20世纪70年代在美国认识的一个学生。他结过两次婚，为美国政府工作，现已退休，整天打高尔夫。这样的男人非常多，在退休后，如果有能力负担的话，他们会泡在高尔夫球场上，或者在彩票店与各种博彩站点消耗大把时间，抑或干脆就瘫坐在电视机前。不过，女性更善于应对时代的变化，她们会不断调整自己。我们的生命只有一次，每个人都应尽可能充实地生活，而这也意味着为他人而活。

12月15日

晚餐派对很热闹。每个人都朗诵了一首诗。

12月17日

我一直在反思自己的人际关系，以及我这些年可能学到的东西。爱是需要努力的。难怪里尔克在给青年诗人的信中写道："爱，很好：因为爱是艰难的。以人去爱人：这也许是给予我们的最艰难、最重大的事，是最后的实验与考试，是最高的工作，别的工作都不过是为此而做的准备。所以一切正在开始的青年们还不能爱；他们必须学习。他们必须用他们整个的生命、用一切的力量，集聚他们寂寞、痛苦和向上激动的心去学习爱。"[1]

这意味着第一段恋情往往会以失败告终，然而，如果一个人能够从错误中吸取教训，那么第二次恋爱时，成功的概率就更大。重要的是，不要为小的分歧而争吵，不要吹毛求疵，发生重大冲突时，不要情绪化，而是要心平气和地讨论问题，以便找到解决方案，化解冲突。我们都是不完美的造物！人生的探索之旅将持续到生命终点。

---

1 译文引自《给青年诗人的信》，[奥] 里尔克著，冯至译，云南人民出版社，2015 年 12 月。

12月18日

医生给我开了更强效的止痛药，外加一个疗程的抗生素，这意味着几周的煎熬之后，我终于可以有几个小时的深度睡眠了。但抽搐的阵痛仍在继续，尤其是躺着的时候，我可能真的需要做个小手术了。

12月19日

在加里克俱乐部12月的简报上，我读到了莫里斯·鲍勒爵士对约翰·贝杰曼[1]的《在威斯敏斯特教堂》的戏仿之作，这首诗是贝杰曼从玛格丽特公主手上领取了文学奖之后创作的：

欲望令我嫉妒，羞怯令我神伤，

让我舔舔你的脚趾，甲油如此亮。

1　约翰·贝杰曼（John Betjeman，1906—1984），英国桂冠诗人。

天哪，哦，天哪，公主殿下赏光，

把手指放到了我的鼻子上。

看到这里，我回想起来以前在牛津大学读书时，莫里斯·鲍勒担任副校长，他经常和其他同僚在一个被戏称为"牧师之乐"的地方裸泳。一天，几位女士经过，所有教师立马用手捂住他们的"小弟弟"，但莫里斯·鲍勒除外，他用双手捂住了脸！

12月20日，凌晨三点二十八分！

对于那些意义重大的梦，很重要的一点是，不要试图像做填字游戏那样尝试解开它们，而是像对待鸡蛋一样，给它们孵化的时间。慢慢地，梦中的生命开始萌动，最终破壳而出。一种新的认知就此诞生。因此，当我在这个点醒来时，对过去那个梦（见11月12日的日记）的结局有了更深刻的认识。在梦里，我九十年的时光一闪而过，将我带到了一个安静的地方。那是一家新建的海滨酒店，紧挨着沙滩，光线充足，空间宽敞。餐厅比我准备办理登记入住的前台区低一些，要走几个台阶，那里坐着的年轻女士是这里的唯一住客。毫无疑问，她代表了我的阿尼玛原型，但有趣的是，她不是睿智的老妇人，而是一个充满活力、能量，拥有敏锐洞察力的年轻人。我还注意到，潮水已经退去，因此，现在还不是我开启下一阶段旅程的时候。

这意味着什么，尤其是她还很年轻？

12 月 21 日

最终，我们每个人都将孑然一身。这是一个既定的事实。我们经常通过与伴侣分享生活来保护自己，对抗这一命运，但随着我们最亲近之人的离世，我们又被推回这一深渊。恰如一位朋友在来信中所说："当你失去所爱之人，你的余生就像在一条漫漫长路上独行，你随时随地都可能遭遇伏击，就像过去人们常遇到拦路强盗一样。你脸上挂满了不知从何处而来的泪水，但你必须重新振作起来，然后微笑着走下去。"

我们常常意识不到有些人赋予了我们的人生怎样的意义，直到失去他们。然而，我们还是必须学会如何放手——不是放手爱，因为爱会永远留存——而是学会如何自力更生，这需要时间和技巧。

我们当中没有谁可以拥有任何事物，更不必说拥有另一个人了。可能有一段时间，我们相互依赖、彼此托付，但那终归是暂时的。因此，轻装前行很重要。

12月22日

从耳鼻喉医院回来了，在那里，我的两只耳朵都进行了灌洗治疗。因为疼痛，我双手死死抓着床沿；要是在宗教裁判所的行刑架上，我恐怕一分钟都撑不到！下周五要去复查。这次医生给了我不同的滴耳液，我自己在家滴就行。

12月23日

我一直在思考人际关系问题，以及当两个人选择在一起生活时，自我的嶙峋棱角在这一过程中是如何被不断削除的。然而，对一些人来说，他们一直独居，直到中年才建立伴侣关系，但维系这段关系对另一方来说并不容易，因为前者会按自己的方式生活，所以矛盾和摩擦就会产生。"你为什么总是这样？"答案随即而来："因为我一直就是这样啊！"

我记得我读过一篇关于修道院社区生活的文章，作者将那里的生活比作一个装满小石头的皮袋子。随着时间的推移，小石头相互碰撞磨合，会慢慢变得圆润光滑。甚至在只有两个人的社群中，这也成立——而且或许更是如此。

回顾一下荣格关于婚姻（如今也包括民事伴侣关系）的说法是有益的。他说，婚姻作为一种神圣的制度，应该被理解为一种特殊的个体化形式。"其基本特征之一是没有逃避的通路。正如圣洁的隐士无法逃避自我，已婚人士也无法逃避他们的伴侣。"与埃里希·弗洛姆和其他精神分析学家一样，荣格强调，两个人要维系真正持久的关系，需要双方逐渐认识到对方是一个独立的个体，需要学会爱对方，因为对方恰巧是这样的人——尽管有很多缺点！

普洛菲希·柯尔斯给我寄了一本她的最新著作《再婚家庭和继父母养育子女的心理与心理治疗观察》。在人际关系方面，令人不安的一个现状是，在今天我们所生活的社会，有几乎一半的孩子来自离异家庭。"这是一个令人痛苦的事实，所有的研究证据都表明，这些孩子因父母离婚在情感上受到了伤害。但有争议的一点是，这种伤害能否得到治愈，能否恢复得足够好，以至当他们的成年生活陷入困难时，伤口也不会再次裂开。我得出的结论是，那些'离婚是短暂的危机''孩子会从创伤中恢复'的想法都是错误的。他们的一生都被改变了。是的，尽管其中有些人可能比其他人生活得好一些。"

普洛菲希提供的一些数据表明，如今人们第一次婚姻的离婚率远远超过半数，而且最常发生在结婚的第四年到第八年之间。她还在书中指出，虽然离婚可以解放成年人，但它会伤害孩子们的安全感，而且这一伤口可能终生都无法愈合，一直溃烂。

12月24日，平安夜

我在沙发前的茶几上布置了一些常春藤和冬青枝条，还在桌子中间的白布上摆放了一张刚出生的男婴的照片。

一个几乎每天都和我通信的人问我是否会以什么特别的方式庆祝圣诞节。我不再觉得有必要去教堂了。这并不是说去教堂（神庙或犹太教堂）是错误的，根本不是这个意思，而是我现在已继续前行，不再有这样的需要。

我们庆祝的是生命中"意义"的诞生，以及认识到我们每个人来到世间都有特定的目的。

我一直在思考，我们每个人的内心深处都有一种孤独感，渴望被他人接纳、拥抱、支持，渴望真实的自我得到认可。哪怕只是最简单的伸手抚摩，或一个亲吻。恋人之间性爱到达高潮时，两人会在如大海般深广荡漾的极乐中合为一体。在拥抱与被拥抱的互动中——即便是短暂的片刻——一个人也能获得真正的满足。正如菲利普·锡德尼[1]爵士所写：

> 我的真爱有我的心，我有他的心，
>
> 一人捧出真心，另一人只需以心交换。

拥抱，是从心底伸出的双手，如波浪奔流，涌向海岸，或黄昏暮霭中归巢栖息的鸟儿，或余烬中突然闪烁的火光。真正的拥抱是伸手去抱住另一个人，但从不寻求占有。我们伸开双臂去拥抱，然后将其展开，放开那个被我们抱住的人。我想到了自己的十八岁，当时我在服兵役，随部队驻扎在意大利的港口城市里

---

1 菲利普·锡德尼（Philip Sydney，1554—1586），英国文艺复兴时期的作家、军事家。

雅斯特，我在那里被天主教会接纳。当地的那座教堂简直人满为患。在那里完成我的首次领圣餐仪式之后，我和神父一起站在外面的台阶上，他用意大利语问我："E contento adesso？"这话很难翻译，因为它在那个场合的含义远不仅是简单的满足。

12 月 25 日，圣诞节，凌晨三点

尿频，一晚上去了好几次卫生间，所以我几乎一直意识到有大量的梦境活动，而醒来后，它们就像魔术和春日里的融雪一般迅速地消失了。潜意识是在整理你一天的经历，就像一个人在整理垃圾一样，但时不时地，人们会发现一些重要的东西。那些东西就成了你记得的梦。有些梦会立即显现出它们所代表的含义，但也有很多梦就像字谜，像斯芬克斯之谜，你必须静心冥想。

晚上十点四十五分，房客敲我的房门，跟我说"圣诞快乐"。这时我已经洗完澡，穿上了新睡衣。我跟他一起坐到壁炉前，他在那里准备了果汁、咖啡、羊角

面包，还有其他小零食。之后我们打开长袜，查看各自的"收获"。他送我的礼物很实用：一个闹钟、一种可以榨柠檬汁的工具，还有两本书——其中一本是罗伯特·哈里斯根据"德雷福斯冤案"[1]创作的小说。

在威尔士的那几十年，海威尔与我，以及那些留宿共庆圣诞节的朋友，都会在这天上午十一点，坐在用原木和取暖煤作为燃料的真正的壁炉前，打开我们各自的礼物——那时的世界真安静啊，被白雪包裹着。此时，房客和我坐在闪烁着火焰的仿真壁炉前，虽然没有下雪，但也很安静。

晚上，房客为我们俩还有来访的克里斯，做了一顿节日大餐——烤"火鸡冠"[2]，还包括所有的配菜。我迟迟未睡，沉浸在罗伯特·哈里斯的书中，无法自拔！房客则躺在客厅中央的沙发上，用他的苹果手机浏览

1　19世纪90年代法国军事当局对犹太籍军官阿尔弗雷德·德雷福斯的诬告案。1894年，法国陆军参谋部犹太籍上尉军官德雷福斯被诬陷犯有叛国罪，被革职并处终身流放，法国右翼势力乘机掀起反犹浪潮。此案不久真相大白，但法国政府仍不承认犯了错，经过进步人士的争取，直至1906年德雷福斯才被判无罪。

2　crown of turkey，即去腿去脊骨后的火鸡躯干。

文章，接着又听了巴赫，我则在房间里看书。他通常会进来看一下我，停留五到十分钟，然后又出去。这样的共处方式让我很开心。

12月26日

丹过来一起吃晚饭。我们每人都说了两首自己最喜欢的乐曲，然后大家一起听。我选的第一首曲子是贝多芬D大调小提琴协奏曲中的慢乐章，我第一次听到它是在广播里，当时我十四岁；第二首是爱沙尼亚作曲家阿沃·帕特的《镜中之镜》。房客选的是巴赫绝妙的康塔塔《醒来吧》中的合唱段落——在我的葬礼上，当棺材被抬出教堂时，我倒希望他们播放这个曲目。它讲述的是去参加婚宴的故事。

12月27日

上午九点十五分，我醒来时听到敲门声，房客提醒我闹钟响了，但我没有听到。

之后，我再次陷入昏睡，直到中午才醒。我认为，在我这个年纪，所有社交活动都相当累人，或者也可能只是因为耳朵持续疼痛，而我又只能使用一个助听器，这种不便让我感到厌烦了吧。我经常错过关键信息，不得不问人家"你刚才说了什么"。我想，这对其他人来说一定很烦。

12月28日

诺曼今天要来吃晚饭。他想带我出去就餐，但我不喜欢餐馆的嘈杂环境。耳朵的情况稍微好了些，明天我会去格雷客栈路的耳鼻喉医院。安东尼来喝了杯咖啡，还带了小礼物，是从福特纳姆和玛森百货商场买的稀有奶酪，以及特制的酸辣酱和羊角面包。他患了喉癌，现在装有一个人工喉，要说话时，他必须把一根手指按在喉咙上。他关注了我的博客，常常浏览，并说最打动他的是那篇写我们每个人都有一个守护天使的文章。

12月29日

醒来时，我发现新闹钟不仅在响，而且因为振动从床头柜上掉了下去。

我刚从格雷客栈路的耳鼻喉医院回来。我在那里竟然停留了四个钟头——只有少量必需的骨干医护人员，而病患很多，所以很多病人都在等待……

12月30日

托尼这位大律师来吃晚饭。

12月31日

想到仪式的必要性，想到生命中有如此多的人生体验，我想起我写的那本《灵魂的通道：今日之仪式》。

在书中，我讨论了仪式如何被人们一次又一次地忽视，而它们本该用来纪念或庆祝我们人生中的重要时刻。女性被强奸、殴打或虐待，我们没有任何仪式来向世人警示这些悲惨遭遇。对于那些经历了堕胎、流产或死胎的父母，没有任何仪式去抚慰他们受伤的心。怀孕没有纪念仪式，婚姻瓦解、伴侣关系破裂或家庭支离破碎也没有。孩子转入新学校或搬进新社区，我们有什么庆祝仪式吗？年轻女孩月经初潮或男孩进入青春期，我们有什么相应仪式吗？对于社会中的长者，我们有什么仪式对他们表示尊敬吗？为什么总要等到人死之后，我们才说自己有多么珍视他们？虽然每一种主流信仰与文化，都为垂死之人和亡故者提供了具体的仪式，但对于那些没有特定信仰或风俗传统的人，我们该用什么仪式去悼念他们呢？

太多人没有意识到的是，每个生命都有属于自己的模式和使命，这使其变得各不相同，因而也独一无二。

多萝西·达菲[1]告诉我，她在爱尔兰多尼戈尔的一栋乡村别墅生活时，一天，她正往屋里搬取暖煤，一条漂亮的黑狗不知从哪儿冒了出来，独自逛荡。她不知道这条狗是从哪里来的，之后也没有再见过它。她当时的第一反应是它一定是迷路了，于是就走过去抚摩它，然后她看到狗脖子上有一个颈圈，上面挂着一个小标签，写着"我没有迷路。我只是喜欢探索"。多萝西说："那是我至今收到的最有力的信息之一。我原先总觉得自己迷失了方向，但事实上，我一直在探索。"

---

1 多萝西·达菲（Dorothy Duffy，1980— ），英国女演员，代表作有《外伤》等。

2018 年

1月1日

　　现在是晚上九点半。我准备回房间时，房客说："你不会是要上床睡觉吧？你可是睡到中午才起来的！"然后他又补充道："你应该没有抑郁吧？"我回答说没有。但是，像许多老人一样，我发现冬季的暗夜很难熬。但我不能太萎靡。人们总是很容易这样。我算是幸运的，不仅有房客这一密友共享这套公寓，还拥有那么多真挚的朋友。而如今，有很多老人都是独居。

1月2日

我意识到，房客准确地指出了我晚上这么早就想缩回到床上的原因。"你很郁闷吗？"他问我。我告诉他没有，当然不郁闷。但我意识到，在内心深处，我仍然因失去生命中的挚爱海威尔而痛苦，在许多层面上，他对我而言至关重要。

我们所有的爱都趋向于结合；爱是我们生命中的核心力量。在这样的爱中，不存在自恋成分，因为其中一方会使另一方变得完整。正如约瑟夫·坎贝尔所写："在婚姻或忠诚的关系中，每个伴侣都努力让对方成为完整的自我。"通过互动，尽管有时是痛苦的，海威尔和我各自都作为独立的个体成长，然后趋向完整。我们俩在威尔士的家门口拍了很多照片，要么是在迎候到访的朋友，要么是在挥手告别。人们建造的每一个家都是彼此双方自我的映照。

因此，丧亲之痛意味着一个人被抛回给了自己，他必须努力重建内在自我。遗憾的是，有些人未能做到这一点，他们发现这个过程太痛苦了。海威尔去世后，给我提供帮助的不仅有多年来可靠的精神分析治疗，还有冥想练习。随着年事渐高，学会放手似乎是一条极为重要的准则。放手物品，放手积累的财富，简化生活，让光照进黑暗的角落，为新的成长腾出空间。

1月3日

房客打电话问我，今天的晚餐要不要试试鹿肉香肠和土豆泥。好的，很不错。我回答说。

我的朋友珍妮·皮尔森在布莱德发创立了第一个为期一周的故事会工作坊，它如今已成为一年一度的活动。她写信告诉我，她非常喜欢已故画家凯芬·威廉姆斯的画作。凯芬·威廉姆斯爵士晚年生活在威尔士安格尔西岛，是安格尔西侯爵家族的朋友。我回信说，我与亨利·安格尔西侯爵及其太太雪莉相识，曾留宿过他们的纽伊斯宅邸。那里的客房浴室里挂了一系列漫画，每张画上都有凯芬·威廉姆斯的诗句。我最喜爱的那幅画上画的是一张极具辨识度的脸，旁边还配有诗句：

> 我遇到一个人，但想不起是在哪儿了
>
> 他说他是托尼·布莱尔
>
> 可真正奇怪的是
>
> 他又说，他是上帝！

这让我想起了罗恩·威廉姆斯，他以坎特伯雷大主教的身份到布莱德发发表一年一度的"布莱德发演讲"。在随后的午餐宴上，来宾之一安德鲁·埃尔德博士问罗恩，他对（首相）托尼·布莱尔有何看法。"他对上帝的事情非常擅长，"罗恩回答道，然后停顿了一下，接着补充道，"但若说讽刺的运用，则有点差劲！"

我经常一个人或者和海威尔一起在纽伊斯宅邸小住。关于那里，有件事我记得很清楚：有天晚上，雪莉和亨利在厨房里发生了争执。雪莉说："亨利，国家信托机构的那些人在晚上用泛光灯将房子的正面都照亮了，这是经过你允许的吧？"

"是的，妈妈[1]。"他回答说。

"亨利，一想到每次进房间都得拉窗帘，我可受不了！"

"冷静点，妈妈！"亨利回答道。谈话变得如此激烈，我悄悄溜回了客房。过了一会儿，我听到重重的脚步声——那是亨利沉重的靴子在过道上踩踏的砰砰声——然后是电梯门的叮响声，他乘电梯下到一楼，去了他那有七张桌子的书房。

又过了一会儿，有人敲我的门，是雪莉·安格尔西。"你现在可以出来了，"她笑着说，"我赢了。"

我还记得我问过雪莉，亨利是怎么向她求婚的。当时正值战争时期，亨利第一次开车载她到纽伊斯宅邸。在顶楼，亨利拉开百叶窗，远处的斯诺顿峰在月

1　此为老派英文日常口语里对年长女性的尊称，夫妻间也适用，有点类似中文里的"孩子妈妈"，但含义差别很大。

光下熠熠生辉。雪莉说，就在那个时刻，亨利向她求婚了。

1月4日

进城买新便鞋，再买双拖鞋。风太大，把我头上的贝雷帽都吹掉了，接着突然一阵强风袭来，差点儿把我吹倒。我记得小时候，在英格兰的布莱克浦，人向海滨走去时，迎面吹来的风很大，你几乎可以将身体前倾"倚靠"在风上行走，而且不会摔倒。然而，就在刚刚，有个倒霉蛋的手提箱被风给"抢"走了，箱子的锁扣被撞开，里面的衣服被吹得满地都是。

我时常惊叹于我所经历的，以及将继续体验到的各种各样的爱，其中包括来自伊瑟尔·斯潘塞—皮克的爱，我在回忆录中提到了她。虽然我们有大约五十岁的年龄差，但这份爱很深沉，甚至在我步入九十岁之后，也一直如此。秘诀就在于，我们要学会接受各种各样的爱。我也知道，一个人不可能永远孤家寡人，因为正如艾本·亚历山大博士所写："我们还有其他家人，他们照顾我们，守候在我们左右，帮助我们安然度过在这个世界上的最后时光。我们中没有谁是从不曾被别人爱过的。"

1月5日

我想到了我与房客的友谊，以及他刚刚发来的电子邮件——他到西班牙的加那利群岛度假去了，要在那里待一周。我回复邮件写道："我是多么幸运，你能出现在我的生命中，完全出人意料，而且如此突然，但似乎有某种因素在同步起作用，让我们聚到了一起。"

我和他的年龄相差五十二岁，但显然我们之间存在一种深层次的联结，尽管这与性或"恋爱"无关。我只知道我一直在他身边，而他则以自己的方式做出回应，并且总是很真诚。

1月6日

我在牛津的朋友、同龄人基思·安德森一直让我想起早年的那些经历。1949年年初，我去安普尔福斯修道院参观，询问院长我是否可以加入他们。他明智地建议我去牛津大学的圣贝内特学院攻读学位："清楚地了解你是什么样的人。"基思原本打算加入安普尔福斯的修士社团，但后来他改变主意，去了牛津大学的瓦德汉学院攻读学士学位，但他经常参加圣贝内特学院每周一次的茶话会，而这就是我们相识的契机。

牛津大学的天主教牧师协会也有定期的茶话会，由瓦尔·埃尔维斯主教主持。牧师协会楼上是纽曼社团使用的长厅。我向瓦尔神父建议，如果在长厅一端建一个舞台，就可以举办活动，为纽曼社团筹集资金了。他认可了我的想法，于是我开始筹集资金，以建造一个舞台和简单的舞台拱幕。主要的筹款活动是请著名钢琴家凯思琳·隆在牛津市政厅办一场钢琴独奏会。她非常好心，免费演出，而这得益于她是一名天主教徒。

当时所有的票都卖光了。后来吃饭时，她问我是如何做到这一切的，并告诉我她在战争期间受邀为利明顿矿泉镇的一个慈善项目友情出演的经历。"我答应了，但条件是音乐会要宣传得好一些，有人在火车站接一下我。此外，还要安排一个有暖气的小房间，方便更衣化妆。结果呢，我到火车站后，没有人来接，我只能徒劳地寻找宣传海报，直到最后才在一间肉铺里看到一张海报。随后我前往演出场地，发现已经有一群人在门口等待了，但演奏厅的大门还没开。更衣室冷得就像冰窟窿一样，听众少得可怜。所以，你是怎么做到让牛津市政厅里坐满观众的呢？"

我告诉她，有好几个礼拜天，我请同学们分组站在牛津主要的天主教堂门外和牧师协会的楼下卖票，为纽曼社团筹款。"烛光剧场"建成后，第一个在这里表演的人是当时还不为人知的玛吉·史密斯[1]。

---

1 玛吉·史密斯（Maggie Smith，1934— ），英国电影与舞台剧演员。在《哈利·波特》系列电影中饰演麦格教授。

基思还描述了在黑衣修士院[1]参加弥撒时的情形，那时我也经常去，主持弥撒的是杰维斯·马修斯神父。

明天是本月的第一个周日，我们的冥想小组要在这里相聚。虽然我已经冥想了五十多年，写了两本关于这个主题的书（《内心之旅：更远的旅程》和《发现静默》），还曾在爱尔兰的敦劳费尔为大约三百名天主教徒主持一场周末冥想活动，但我不是这方面的专家，也不是冥想导师。所以我从未想过要创立一个冥想小组，但这个小组成立，也已经是十二年前的事了。2006年，伦敦心理治疗中心以"精神分析与冥想"为主题举办了一个为期一年的讲座，我受邀做了一次演讲——以"什么是灵性"为主题展开。正是由于那次演讲，治疗中心的主任西莉亚·里德问我，是否愿意在我的公寓里每月举办一次冥想活动。

1　黑衣修士院（Blackfriars），是牛津大学下的一个具有宗教色彩的学院。

1月8日

今天，我在（伦敦）大学学院医院待了三个小时，做了两次X光检查，其中一次是磁共振检查，在管状的检查仪器里躺了三十五分钟，右耳极度疼痛。我靠默念《玫瑰经》中欢喜五端的祈祷文熬过了这令人难以忍受的折磨。

1月9日

检查结果显示，感染已经扩散到骨头，所以我不得不去大学学院医院接受几天静脉注射抗生素治疗。此刻，我正在等医院的通知——我已经打包好了行李，但也在想，每年的这个时间要想在医院里轮到一个床位，需要等很长时间。所以，随时准备着就是了。

刚刚接到电话，说今天不必去医院了。专科医生和放射科的医生明天会仔细讨论一下我的检查结果，然后再决定我是否需要住院。不管怎样，我的行李已经收拾好了，但我更希望不用去住院。

这件事，我决定不让房客知道。

1月10日

这台笔记本电脑经常要脾气。例如，每当我输入我的姓氏"Roose-Evans"时，出现的都是"Rose Evans"。我想起多年前，我写了一封信，请《观察家报》转寄给画家大卫·英肖。我在信中谈论了他的那幅名作（现已被伦敦泰特美术馆收藏），画中描绘的是两个女孩在高高的紫杉树篱前打羽毛球。他在回信中写道："亲爱的简·罗丝·埃文斯女士，如果你在布里斯托尔，我很乐意与你见面。"我不得不让他失望了，但后来我们成了好朋友。另外一次，在一个重要场合，我被当众介绍为"Booze Evans"（Booze 有痛饮、豪饮之意）。还有一次，我则被称呼为"James Loose Evans"（Loose 有懒散、放荡之意）！哎呀，好吧，名字只是个代号，叫错了能有什么关系呢？

今天下午去买了些东西。往回走的时候，我很清晰地感觉到，海威尔就在我身边。我们什么话也没说，但在身体剧痛的这一时刻，我感受到了一种安慰。这该怎么解释呢？反正在我看来，这不是我空想臆造出来的幻觉。

明天上午，我得去格雷客栈路的耳鼻喉医院取我可能会用到的材料——万一伦敦大学学院医院的医生最终决定让我去那里住几天，接受静脉注射抗生素治疗。房客从加那利群岛发来一条可爱的消息，说度假实在是棒，让他恢复了活力，仿若新生。对这边发生的一切，他一无所知。

1月11日

我乘出租车老老实实地去格雷客栈路的耳鼻喉医院报到，但他们似乎对我的预约毫不知情，所以我又打车去了大学学院医院，可那里的医生好像也不了解具体情况。半个小时后，我被带到急诊室。漫长的等待后，我被告知，耳鼻喉医院那里的医生正在等我，并为他们的失误感到抱歉，所以我只得再次打车回去。在那里，他们首先清洗了我的耳道，但后来又发现了一处息肉，随之对其进行烧灼治疗。结束后，他们告诉我，周一上午需要回去复查。如果没有任何改善的话，我将不得不住院三周（！），接受静脉注射抗生素。

1月12日

我睡得很沉，一直睡到十点半，然后起床去购物。房客发邮件说，他已经登机了，晚上十点前就能到。

记得西莉亚和我还有海威尔一起住在威尔士时，她曾问我，当我和海威尔在兰德林多德威尔斯的县政厅申请民事伴侣关系时，为什么没有举行某种形式的宣誓仪式，尤其是这么多年来我一直在各种场合帮助人们进行各种仪式。我回答说，那是因为在那个阶段，我和海威尔在某种程度上已经彼此承诺了四十七年。我们经历了各种危机，已经变得强大坚定了。既然我们没有宣誓却已经履行了承诺，那么再举行正式的交换誓言仪式还有什么意义呢。这种深刻的承诺、自律和无私，让许多人无法理解。他们只看到了欲望，看不到爱。

我经常能在旧笔记本中发现自己曾经写的一些随感。例如，现在就有一个条目让我感到惊讶——尽管用的是第三人称，但显然是在写我自己。"在他去世的那一刻，音乐萦绕在房间的每个角落，是巴赫的《醒来吧》，音符充盈着每个房间，尤其是那个他面带微笑躺着的房间。他曾说，如果他在死去的那一刻能听到巴赫的音乐，他就会知道一切都很好。那表示他已经到家了。"

就在我写这篇日记时，房客刚刚结束为期一周的假期，从加那利群岛回来了。听到我的检查结果，以及可能不得不住院三周的预判后，他惊住了。

他问道："如实回答我，你害怕吗？"我回答道："不害怕。这不会危及生命，但即使是这样，我也做好了准备，时候到了我就离开。我的生活过得相当充实，就像海威尔临终时，我没有感到恐惧一样，我也不会因自己的离去而感到恐惧。"然后，我把自己在旧笔记中发现的那些关于巴赫的文字读给他听。

神奇的是，房客也喜欢《醒来吧》，经常哼唱其中的合唱部分。

在另一本笔记里，我发现了自己从苏菲派大师卢埃林·沃恩–李《我出生前的脸》中摘抄的句子。其中有一则是："爱的力量从心传递到心。这条道路之伟大，总是让我感到惊讶，而当人们的心需要感知各自的关联对象时，总是会在正确的时间相聚在正确的地点……我意识到了那种将我们联系在一起的潜在的网。"在我看来，我遇到海威尔就是这种情况，房客进入我的生活也是如此——以同样的完全出乎意料的方式。

1月13日

过去几年里，丹从楼梯上摔下来两次。我记得有一次，我从贝尔塞兹公园阁楼公寓的七十二级楼梯上跌倒，即将摔下去时，海威尔对我大喊道："抓住扶手！"这段记忆让我想起了在巴黎执导休·怀特莫尔的戏剧《最好的朋友》法语版时的情形（这部剧在伦敦演出时，也由我执导，参演演员有罗斯玛丽·哈里斯、约翰·吉尔古德爵士和雷·麦克安利）。在一次排练中，传奇演员埃薇琪·弗勒伊的脖子痛得厉害，她的一个演员同行建议她最好躺下，但当时八十多岁的弗勒伊却充满激情地答道："不！如果现在停止，就会永远停止！"然后我们就继续排练了。后来她告诉我，这一伤病是她和让·马莱在巴黎一起演出《双头鹰之死》[1]时留下的。在其中一个场景里，根据剧情需要，她要从楼梯上摔下，然后脖子恰好落在某级台阶上。她说："我现在正在为

1　《双头鹰之死》（*The Eagle has Two Heads*），由让·科克托执导，于1948年在法国上映。

那个动作付出代价！"

我还记得她扮演著名的劳伦蒂亚·麦克拉兰女爵（伍斯特斯坦布鲁克修道院院长）时的情形。在一次排练时，我不得不对她说："亲爱的，作为一个与世隔绝的修女，你演得太轻浮啦！"她咧嘴一笑，回答道："亲爱的詹姆斯，你没听过人们对我的评价吗？我可是法国演艺界的头等交际花！"然后她继续排练，但表演风格有所收敛。

像包括吉尔古德在内的所有伟大演员一样，埃薇琪非常谦虚，总是会说："你会给我提表演建议的，对吧？"

同样，虽然我已经九十岁了，我还是要感谢那些愿意跟我说实话并且时不时会给我一些劝诫的年轻朋友。须知，老年人太容易故步自封，抗拒改变。

1月14日

布琅文·阿斯特子爵夫人刚刚去世，她是布莱德发基金会的赞助人之一，也是我的好友。正是她让我注意到了荷兰心理学家艾丽卡·凡·克拉林根写的一本书。1999年春天，三十一岁的艾丽卡和伴侣赫尔茂德——一名四十五岁的挪威医生——正在牙买加度假。当时两人即将返回他们荷兰的家，期待着在那里结婚。假期的最后一个晚上，他们决定下海夜游。他们过马路时，一辆超速行驶的汽车冲过来将赫尔茂德撞倒在地，他当场殒命。然而，尽管赫尔茂德已不在，但他仍活在艾丽卡心中，正如艾丽卡所言："我明白，随着时间的推移，我们可以彼此放手，并将进一步成长。我相信，我们每个人都能充分发挥自己的最大潜力去成长。"

最后一句话也是我自己的愿望。我仍然深爱着海威尔，这一生中，虽然我们在许多方面相互依靠，但也学会了如何在身体层面彼此分离的同时，始终知道我们之间存在深深的联结。我深知，从第一次见面起，我们就已彼此托付，相互学习，彼此成长。只是我们中没有谁能占有任何东西或任何人。

我们每个人都被托付给另一个人一段时间。我相信，到了下一个阶段，我们各自都有新的任务要完成。我们不只是为自己而活，也是为他人而活。

有趣的是，1944年，荣格在心脏病发作时有过一次濒死体验。他写道："那不是想象的产物，那些景象和体验完全真实，它们没有任何主观色彩，具有绝对的客观性……同样，根据经验论推断，人死后意识会延续在我看来是可能的。"

我越来越相信，宇宙间的万物是相互联系的，正如东方哲学多个世纪以来所告诫的那样，我们并非孤立存在。

1月15日

今天早上在格雷客栈路的耳鼻喉医院，专家说由于耳部感染已经扩散到骨头，"我们必须认真对待此事"，所以明天或周三，我必须去大学学院医院住院，接受两周的静脉注射抗生素治疗。周四烧灼过的那块息肉又长出来了，因此必须切除。房客非常热心，帮我与要来探望的西莉亚、诺曼、安妮和克里斯（没有别的人了）联络；医院里的食物味道不好，他用保温桶给我带来了热食。另外，安妮还说，由于抗生素药效的影响，我需要进食大量的米饭、扁豆和酸奶。当时我的意识很清醒，不至于浑然不知地招待天使。[1]我知道他们就是天使，非常感谢他们给予我的爱与友谊。

我有一种强烈的感觉，对于我的病况，房客比我更震惊。

我今天意识到，在我这个年纪，当专家说"我们必须认真对待此事"时，意味着我的末日可能比我设想的要来得快。我认为那个时刻还没到！但是，当大限真来临时，你必须准备好放手。

1　这里作者引用了《圣经》中的一个典故。《新约·希伯来书》中说："你们务要常存弟兄相爱的心，不可忘记用爱心接待客旅，因为曾有接待客旅的，不知不觉就接待了天使。"

1月17日

房客陪我到大学学院医院，并坚持提那几个较重的包。他在医院里待了大约两个小时。按照常规程序，注射抗生素后，我需要在二楼的急性病情评估室里等候观察。我可能只需在这里住六天而不是两周，这取决于抗生素的药效。我的目标是利用这段时间进行一次静修……这让我想起了莎士比亚《冬天的故事》中赫米温妮的那句精彩台词："我现在去受鞠的结果，一定会证明我的清白。"

下午六点，房客来探视。看到他，我精神大为振奋，伸出双臂给了他一个热情的拥抱。他带着一个保温桶，里面装的是美味的砂锅炖鸡。此外，他还带了很多酸奶。

1月18日

一个不眠之夜，只有一条毯子，快要冻僵了。凌晨一点半，有两个患者躺在病床上被直接推走；凌晨两点，来了两个新患者作为接替。第二天早上，感染病科的医生来查看了我的病情，说我可以先回家吃一个疗程的抗生素试试，然后在下下周一来见她。假如这"魔法"不能奏效，那我就只能住院治疗了。房客和克里斯下午三点半来了一趟，晚上八点半，他们又来帮我收拾行李，叫出租车，并送我回家！克里斯给我带了一瓶艾莱岛产的威士忌，这种酒有一股美妙的泥煤味。到家之后，我享用了鲜美的鸡汤，然后就上床睡觉了。

1月19日

我一直睡到中午。房客打算做鱼肉鸡蛋烩饭，准备到一半时，却发现我此前买来放在冰箱里的烟熏黑线鳕不见了。我说，有可能是今天上午来这里打扫卫生并清理了冰箱的莎伦以为这鱼坏了，就给扔了。房客说："算啦，不要给莎伦打电话了。"但我打了，还留了言。最终，房客找到了鱼，还未开封，被扔在门外的垃圾桶里！所以他还是做成了那道鱼肉鸡蛋烩饭。莎伦回电说，她以为鱼过了保质期，就给扔了！这可以算是居家生活的趣事了吧。我要早点休息，晚上八点就上床睡觉，以免体能消耗过度。安妮给我上了一节很棒的亚历山大理疗课[1]，然后开车送我去"南端绿地"的玛莎百货卖场，这样我就可以自己储备食物，不必继续依赖房客给我弄吃的了。

1月20日

房客给我解释过，服用抗生素期间，两次吃药时间之间必须有十二小时的间隔，所以我昨晚睡觉前吃了药，这样我就能在今天早上九点醒来时吃一次，然后在今晚的同一时间服用第二次。

---

1 以匈牙利医生 F. M. 亚历山大（F. M. Alexander）的名字命名的一种心理治疗方法。这种疗法曾在美国、英国、澳大利亚非常流行，以为患者治疗焦虑症、恐惧症及可能由此引发的头、颈、脊骨的错位。

几个月前，我决定除极少数的特殊情况外，不再接受午餐或晚餐邀请。嘈杂的噪声、高度的自我意识、努力去倾听和回应……耗尽了我的精力。所有这些都是衰老的自然组成部分。正如荣格的同事玛丽·路易丝·冯·弗兰茨博士所指出的："到了老年，人们会更倾向于远离外界的社交活动，并开始反思和总结自己迄今为止所做的一切，以及做这一切为了什么，有什么意义或者是不是毫无意义。"人们开始不那么关注细节，而是更多地关注宏大的问题：生命的意义是什么？我为什么而活？那值得吗？

1月21日

周日。外面下雪了。稠密的雪花漫天飞舞，仿佛天上有人在拔鹅毛，羽片纷纷落向大地。但现在转为雨夹雪，仿佛上天在哭泣——鉴于世界的现状，老天倒也可能会这样做。

夜里，我意识到近八周来，我的耳朵第一次没有那种抽搐的阵痛，脑部的血管也没有了那种脉冲式的跳动。很显然，抗生素开始起作用了。

1月22日

我喝了一小杯艾莱岛威士忌，这是上周四克里斯为庆祝我出院带来的。

1月23日

沉思：我们每个人的内心都拥有各自所需的智慧，正如在奥斯威辛集中营死去的令人称奇的年轻女子埃蒂·希勒森所领悟到的那样。"倾听你内心的想法，"她写道，"你能获得一种平静，那会照亮你一整天。我每天都倾听自己内心深处的声音，即使与他人在一起时，我也能从隐藏于内心最深处的智慧之源汲取力量。"

1月24日

在思考暗示和梦的根源时，我想到了鲁珀特·谢尔德雷克与马修·福克斯在他们合著的《天使的物理学》一书中所说的话，即宇宙比我们想象的更浩瀚、更令人惊叹，而且还在不断膨胀。我们也在接收从数十亿年前而来的光。他们认为，天宇中或许还有十亿个星系，而每个星系都可能有一个掌管一切的灵性主导。

1月25日

出院时，医生给我开了一个疗程的环丙沙星，规格有两种，两片五百毫克的和两片二百五十毫克的。由于没有仔细阅读用药说明——这是我的典型毛病，即对这些事情不耐烦——我每天服用的都是双倍剂量。现在是最后一周，我会服用适当的剂量，而这大概可以解释我为什么感到虚弱和头晕了——我什么时候才能学乖呢！也不要再喝导致痛风的红酒啦！振作起来，詹姆斯！

1月26日

今天的身体状态远不如往常，而且烦躁易怒。这种寒冷的天气更是没有一点帮助。很难定下心来整理思绪。然而，那株暂时养在塑料盆中等待栽种的玫瑰花苗已经冒出了绿芽，或许我也是如此，正在焕发新活力吧。我设法干了点活，对《分享一生》的最后一稿进行了些许修订，这本书写的是我和海威尔的生活。

外界对我的新书《蓝山记忆：拉德奈郡旅程》的反应，让我颇为吃惊。

耳朵和下巴的疼痛现在似乎平稳了，好在我能睡觉了。不过，上周一，在格雷客栈路的耳鼻喉医院，他们告诉我，我可能需要在那里待两到三个小时，所以我提出希望他们能切除我耳朵内又新长出的息肉——我怀疑，息肉是现在耳朵痛的主要原因。这疼痛是多么漫长的折磨啊——已经整整两个月了！

1月28日

周日。我早早就去购物了，因为诺曼今天要来吃晚饭。我做了一道华尔道夫沙拉，还准备了用奶油芝士和罗勒酱调味的鸡胸肉，上面放了一片帕尔玛火腿和少量鼠尾草叶。

1月29日

前往格雷客栈路的耳鼻喉医院。那里的医生告诉我，我耳朵里的息肉已经消失了。然后，他与我接下来要见的热带病医院的洛根医生通了很长时间的电话。我下周一要去找洛根医生。她在电话里说，她想让我再服用四周抗生素。今天见的罗曼医生也给我安排了一次扫描检查。去医院时，我坐的是出租车，回来时为了省钱，我选择了四十六路公交车。

1月30日

夜里，我注意到自己在思考一个问题，即如何通过简单的慷慨行为和善举，让平凡的人生变得不平凡。随着时间的推移，这些善举会累积成一串美好的念珠。人们甚至不必遵循任何宗教仪式。年轻的埃蒂·希勒森在二十八岁时主动选择去奥斯威辛集中营，为的是陪伴和帮助她的家人；她没有宗教背景，从未去过犹太教堂或接触过拉比[1]，却主动开始冥想。正如帕特里克·伍德豪斯[2]在他的《埃蒂·希勒森：被改变的人生》一书中所写："她不是宗教人士，至少不是这个词的通常含义。正因为不属于任何宗教组织，她才能成为我们这个时代女性的典范——如今，宗教组织所具有的灵性正在不断衰落，而人们对真正灵性的渴望却比以往任何时候都更强烈。埃蒂的言语跨越了宗教的界限。"

---

1 拉比是犹太人中的一个特别阶层，是老师也是智者的象征。

2 帕特里克·伍德豪斯（Patrick Woodhouse），英国韦尔斯大教堂的领唱人，负责音乐和礼拜仪式，尤其关注宗教问题。代表作有《埃蒂·希勒森：被改变的人生》《言语之外》等。

1月31日

乘出租车前往威格莫尔街见一位听觉矫正专家。路上，我看到一辆白色面包车，车身侧面印有"Chapel and Swan"[1]的字样。我想，如果将"Swan"先生的姓换成"Church"，那么车上的名字就是"Chapel and Church"（小礼拜堂和教堂）。

房客为我播放了波兰作曲家戈雷茨基的《第三交响曲》，这首曲子我大概有二十多年没听过了。我记得第一次听到它是在收音机里。我当时独自一人，思绪随着音乐起伏，后来这促使我主持了一场研习会，其产生的影响力非常大。

1　字面直译为"小教堂和天鹅"。

2018 年

2 月 1 日

亨利·沃恩写道："祈祷世界和谐一致。"这让我想起了神父亨利·拉索克斯（他更喜欢别人叫他哲人阿比什基南达）的一些话："重要的是，将注意力集中在能引领你超越和摆脱杂念的事物上，不要走神。若杂念仍至，它们则当如鸟儿一般在你内心的空旷之地及头顶上空飞翔，使你不受任何打扰。"

2月2日

大约两年前，我开始关注那些即将接受手术或要去参加重要面试的人。我并没有为他们祈祷，仅仅是守护。我不知道这样做对另一个人是否有影响，但如果某个人面临手术或重要面试时，知道有人在那里默默地支持或守护着他，应该会有所帮助吧。这也可能有心灵感应的效果，可以传递某些能量。谁知道呢？我能做的就是顺应这种本能，以这种方式支持他人。

最近，我一直在思考已故的米兰大主教马利亚·马蒂尼在临终前接受采访时说的一些话："我们的文化已经过时，我们的教堂又大又空，教会官僚主义不断抬头——我们的仪式和法衣也很浮夸。教会必须承认自己的错误，并从教皇与主教开始进行彻底改革。"当然，这也是教皇方济各试图推动的改革，但他的举措遭到了顽固保守派的强烈反对。

与此类似，20世纪80年代，耶稣会颇具影响力的已故总会长佩德罗·阿鲁佩神父指出："我担心，针对明天的问题，我们提供的却是昨天的答案；我担心，我们说话的方式不再是人们所能理解的；我担心，我们正在使用的语言无法再打动人们的心。如果情况确实如此，那么我们无论说多少话，都只是在自说自话罢了。事实上，未来将不会再有谁来听我们说，因为没人能明白我们想说的是什么。"甚至还有比这更令人惊讶的言论，来自教皇中的佼佼者庇护十二世。据当时的《教会简牍》报道，庇护十二世在去世前不久，参加了红衣主教们的一次聚会，他在会上说："罗马教廷绝不可试图去拥抱整个世界。它必须学会接受世间还有其他信仰、其他信条和其他特质的存在。"真理闪耀着它自己的光芒，而且常常出现在意想不到的地方。我们每个人都沿着一条特定的道路接近永恒：从文化层面、地理层面或传记层面。正如尊者比德·格里菲斯所说："我不认为各宗教可以简单地沿着各自的道路走下去。在演进的过程中，我们已经到了必须相遇的阶段。我们必须相互分享，才能发现彼此。"

2月4日，星期日

今天，我蓦然想起1956年我在纽约茱莉亚音乐学院任教时发生的一件事。当时有一个学生问我，他是否可以跟我谈谈。那名学生二十四岁，是一名职业滑冰运动员，曾在《追逐》[1]中担任少年主角，并被汤姆·阿诺德邀请去伦敦滑冰，但他后来决定到茱莉亚学院主修舞蹈。那天我们一直聊到凌晨两点。当时，我躺在地板上昏昏欲睡。他突然说："把手举向空中，弯曲手肘，双腿打开。"然后他将双手扣在我的手上，做起了倒立，并将双腿伸向空中，脸朝下看着我。他看起来仿佛飘浮在我的上方，正准备俯冲而下，那画面很像夏加尔画作中的梦幻场景。"下来，我想吻你！"我说。他笑了，接着屈身落地。我们并没有亲吻，他没过一会儿就离开了。但对我来说，这仍然是我一生中情欲感受最强烈的时刻之一。

---

1 *Chase*，根据后文，这里指一档冰上歌舞秀综艺节目。

2月5日

昨天冥想小组开始执行新的轮值表，图希发表了演讲，安妮将在4月演讲，而我每隔一个月演讲一次。这样我就可以退后当听众，让成员们一个接一个地与大家分享他们丰富的内心感受。这是一个相当强大的群体，这样做很重要。

今天太冷了，我的大脑都要被冻僵了。除了在三点半有辆出租车来载我去热带病医院看洛根医生——查看我耳朵的感染情况外，没什么可记录的。抗生素使我感到有点头晕和疲倦。

过去，如果得了我这样的感染，患者可能会因此丧命。今天，洛根医生又延长了我的抗生素服用疗程——再服药两周，总共是六周。

我在电脑上看了一部关于斯坦利·斯宾塞两个年长女儿的纪录片，其中人物的个性简直与塞缪尔·贝克特戏剧作品中的角色一模一样！

2月6日

起床后，我打算泡个热水澡，但打开龙头时，却被花洒喷出的冷水浇透了。看来房客一直是用冷水洗澡。慌乱之中，我拧错了水龙头，没过一会儿，浴室地板、门和外面的过道都被水淹没了。我从不使用淋浴，所以我不知道怎样关掉它，而在摸索的过程中，我的全身也湿透了。不过最终，我找到了正确的水龙头。但最初的慌乱已经使我完全清醒，然后我想到这一幕就像一出喜剧，不禁笑了起来。房客满是歉意，但我觉得像我这个年纪的人受到这样的惊吓也挺好的。这次意外把我逗乐了。但愿我永远不会变得古板，尽管我自认为那极不可能发生在我身上。

2月7日

发生了什么？怎么回事？我完全没有这天的记忆。我怀疑是极端的寒冷天气冻住了我的大脑和记忆，今晚得早点睡觉，明天要早起到演播室与马克·塔利[1]连线，录制他的广播节目《有所理解》。

2月8日

我到了演播室，但出现了一些技术故障，这边接收到的来自德里的信号有问题。马克·塔利与一名印度工程师在另一端的演播室里忙活着。最终，他们不得不转移到另一个演播室。半个小时后，我们的节目开始了。

2月9日

今天更冷，不过我去了两趟商店购物。回家后，搜集我在冥想小组3月的活动中要用的演讲素材。我从本笃会修士韦恩·提戴尔所写的一篇关于修道院生活

1　马克·塔利（Mark Tully），曾在新德里担任BBC驻印度记者长达二十多年，作品包括《印度慢吞吞》等。

的文章中摘取了部分内容，这些内容对同居共处的夫妻们同样适用。他说，修道院生活教会了人们一种接受他人、不随意评判和同情他人的态度。"群体生活会慢慢磨掉并剥去你多年来建立的自我、防御外壳和辩解借口。尽管其他人可能会惹恼我们，但他们也发起挑战，迫使你去理解和关爱他人，并由此为你提供了成长的机会。"要是夫妻们能明白这一点就好了。

我一直在思考，在我的一生中，某些项目怎么会没能如愿实现。其中一个是我为一个由年龄从九岁到九十岁不等的四十名非专业演员所组成的剧团而改编的《圣经·诗篇》。《诗篇》被分成几部分，有的部分由个人朗诵，有的部分则由整个剧团诵唱。我们的想法是在一个乡村教堂里表演，午夜时分开始，黎明时分结束。结束后，演员与观众一起享用一顿简单的早餐。

《诗篇》表达了整个民族几个世纪以来对应许之地的渴望。但这个意象除了地域层面上的含义，还有更深层的含义，赫尔曼·黑塞在他的中篇小说《东方之旅》中也探讨了这一点。他写道："我意识到自己加入了一次去往东方的朝圣之旅，表面上看这似乎是一次明确而单一的朝圣——但实际上，从最广泛的意义上来说，这次到东方的远行不仅是属于我和现在的。这个由信众和门徒构成的队伍，一直在不断地走向东方，走向光明之乡……而每一个成员、每一个小组，甚至连我们全体与这全体的伟大朝圣，都只不过是人类，以及朝向东方、朝向家乡的人类精神的永恒奋斗中，川流不息的一波而已。这一认知像一道光从我的脑海中掠过，立刻让我想起……诗人诺瓦利斯的一句话：'我们到底要去哪里？总是家乡！'"[1]

2月10日

收到朋友戴安娜发来的一封电子邮件，她是贵格会教友，常去监狱做义工。她在邮件中写道："前几天，我带着你那本关于冥想的书《发现静默》，去监狱探

---

1 译文引自《东方之旅》，[德]赫尔曼·黑塞著，蔡进松译，上海三联书店，2013年8月。

视一个非常激愤的年轻人。他发现自己很难平静下来。我与他谈论了你书中描述的'绿头苍蝇思想'[1]。这个话题是一个很好的开始，因为在随后的谈话中，我明显觉察到他激愤的情绪有所缓解。"

"这不是一次轻松的谈话，因为他在牢房里，而我在外面通过牢房门上的一道信箱式的槽口跟他说话——这显然不是获得平静的、最容易的方式，但只能如此了。"

这是一个令人痛心的故事，而她有很多这样的故事。例如囚犯们恶劣的生存条件——那里有太多工作要做，有太多愿望需要祷告。

2月11日

艾米来吃午饭。主菜是烤羊腿。起初，我尝试用由腌制的柠檬、迷迭香、大蒜和盐调制的酱汁来烤羊腿，

1　因焦虑而产生的茫然心态，如绿头苍蝇乱飞。

但最终还是选择了自己更喜欢的老方法，即先用面粉将羊腿涂抹一遍，然后插上迷迭香嫩枝进行烘烤，而且我也不喜欢半生不熟的肉。诺曼来吃晚饭。我们吃了冷羊肉，最后的甜点是从玛莎百货买的美味的水果圣诞布丁。他的房子被老鼠入侵了。它们咬断了电线，没法用电和取暖，所以冰箱里的食物也不得不全扔掉。电工来过几次，最后一次花了六个小时才追踪到老鼠进入的位置。虽然诺曼在家里设置了捕鼠夹，但老鼠已经学会了如何避开机关，成功盗取奶酪。现在有超级老鼠这一新物种了吗？！雪上加霜的是，一只狐狸还搞破了一袋垃圾，弄得花园里到处都是。

2月12日

在耳鼻喉医院等了两个小时，其间，我冥想了一个半小时。然后我去见了专家，他说我的耳朵现在毫无异常。天气寒冷刺骨，预计会下雪。

晚上七点半，我早早就上床了，蜷缩在我的被窝里。

太冷了，开着暖气还是感觉冷，而且夜色沉重，太黑了。不过，春天即将来临——白水仙和黄水仙的绿叶已经在水瓮中茁壮地生长起来，玫瑰也冒出了细小的嫩叶。大自然给我们的最大启示是，当一切似乎都已死去或休眠时，新的生命就开始了。

为我打理花园的多米尼克给我发了封电子邮件，说她女儿在加莱那边为数百名无家可归、没有食物吃的老幼难民提供餐食。"我为她感到骄傲！"她补充道。让我感到困惑的是，我们这个富足的社会无法解决难民问题。即使在我们这个国家，教堂、犹太教堂和清真寺也可以联合起来，欢迎那些陌生人来到我们中间。那将是一个良好的开端。当今城市中的教堂，大多数都有卫生间和厨房设施，可以容纳许多人在此过夜。我想起了伟大的圣文森特·德·保罗与皮埃尔神父在法国做的慈善，伊丽莎白·弗莱在英国、多萝西·戴在美国的事迹，以及最引人注目的加尔各答的特蕾莎修女克服重重困难完成的壮举。

2月13日

去做华法林用药检测，测试数据显示，我现在已经恢复正常。步行回家，天气寒冷而潮湿。

2月14日

步行回家，身后拖着一大堆采购的东西。天气寒冷，鼻子上挂着约一英寸半长的鼻涕，我觉得它随时会变成冰柱，因为真的是天寒地冻。不过，我半路停下来擤了鼻涕，现在终于回到了温暖的公寓。

2月15日

晚上八点刚过，我就躲到了床上。像许多老人一样，我发现冬天那漫长而黑暗的时空隧道令人沮丧，因此只能逃到我温暖的"兔子洞"里。但原因远不止此。虽然我已经很好地处理了海威尔逝去一事，但我仍然非常想念他的"物理存在",感觉他只要在那里就好。随着伴侣的死亡,一个人会被抛回给自己,意识到自己失去了另一半,就像失去了一条胳膊或一条腿。

我在夜里十一点半醒来,想到自己是多么渴望被拥抱,渴望得到一个温暖的拥抱,那并不是出于任何性的需求——这于我而言早已成为过去——而是被拥抱时获得的那种深深的安慰。我意识到,一定有很多老人渴望得到拥抱和抚慰,真的,有些人可能从未意识到这一点。这也就是为什么伦敦皇家自由医院的吉斯·亨特说——他的团队每年为超过三万五千名老年患者提供按摩服务——对许多老年人而言,他们僵硬的身体多年来第一次被抚摩。

2月16日

刚过凌晨一点,我又醒了。每当在夜里醒来,我都会在心里重复念诵我的祷告。

而且我知道,我被一种比任何人类怀抱都更深刻、

长久的爱环绕:和所有人一样,我被一种深深的爱支撑,
"我们在爱中生活、行动和存在"。人类的拥抱只是永
恒拥抱中的短暂一瞬。

2月17日

安妮来给我上每周一次的亚历山大理疗课。我读
完了英国精神病医生贝内特写的关于他与荣格会面的
书,然后把书留在外面,给房客读。接着我就钻进了
被窝,昨晚上床的时间更早,才七点。

上午九点半,醒来后,我意识到自己必须应对这
种比冬季黑夜所带来的消沉意志或抗生素所产生的影
响更棘手的退缩问题。我必须承认,在海威尔去世五
年多后,仍让我深受重击的是他物理意义上的缺席,
以及我们的共同生活对彼此的意义已不复从前。在最
初的三年半里,我看似以非常积极的方式和状态应对
他的离去,那得益于我时常能感觉到他的存在,并深
信他正在帮助我保持良好的心态,但现在,他仿佛要

去履行其他职责了。他将永远陪伴在我身边，就像我永远在他身边一样。在写《分享一生》这本书时，我能够借此宣泄和疏解我心中的痛苦和失落感。但现在，书已经写完，我又面临着一种内在的空虚。我怀念我们一起度过的时光：他坐在椅子上看书，我则在书桌前工作；偶尔一个人会抬起头，与对方的目光相遇，然后相视一笑。如今，我独自坐在这个摆满了书籍的漂亮大房子里——只有在少数情况下，房客可能会进来聊会儿天，或者更罕见但令人愉快的是，他躺在沙发上看书，听音乐。

我开始理解孩子长大离家或意外夭折时，母亲内心的那种感受。

这也让我想起了我的母亲，她拥有摆脱我父亲和独立生活的勇气，但常常会想念我，这在她老年时表现得尤为明显。

我是她的情感支柱。每次我去布莱德发的老教区宅邸探望她之后，母亲的孤单感就更强烈了，所以她会打开房子的每一扇门，以免让自己觉得像是被关在了里面。每当我离开时，她都会紧紧地拥抱我，她那矢车菊色的蓝眼睛里满是泪水。我就是她的全部。

我想到了成千上万的女性，她们因第一次世界大战及其他战争失去了儿子和丈夫，只能带着往昔的记忆，含悲饮泣地活下去。正如荣格在妻子艾玛去世时所言："死亡是残忍的。"

我知道，我必须充分利用自己从多年的精神分析治疗和所有冥想活动中学到的一切，以及通过接触或帮助他人——那些带着深层次需求和问题而来的人——时积累的经验。所以，明天我需要努力约束自己，不准那么早就退缩到床上，而是要忍受黑暗、直面空虚。很幸运，我还可以写作，但除此之外，我对食物和其他活动（如读书、看电视和听音乐）的需求在很大程度上都被忽略了。这可不好。电视我可以不看，但我必须重新养成听音乐和坚持阅读的习惯。这完全是自律问题。至少，我不能过分依赖我的朋友们，尽管房客因为近在身旁且观察力敏锐，必然会察觉到我情绪中的潜在暗流。当然，一些小小的友善举动会让人倍感欣慰，比如约翰娜带着一大罐糖渍苹果或杏子来看望我，帕特给我送来了鸡汤和米饭，房客在我的书桌上留下了美味小食，以及西莉亚陪我去热带病医院就诊。一个人从来不是绝对孤独的。

2月18日，星期日

重读艾略特的《四个四重奏》，这不知是第多少遍了，但今天，其中一句诗忽然跃入眼前：

我们能希望获得的唯一智慧

是谦卑的智慧：谦卑无穷无尽。[1]

此句太妙了！

房客刚刚做了一顿丰盛的午餐，主菜是搭配了酱汁和古斯米（又名粗麦粉）的蒸鳕鱼，然后是一道经

1　引自《荒原》，[英] T.S. 艾略特著，裘小龙译，上海译文出版社，2012年7月。

久不衰的"常春藤"甜点，即在冷冻浆果上面浇上融化的热白巧克力！

我一直在外面清扫露台上的枯叶。这样做是受到乍现的阳光，以及花盆中那些白水仙、黄水仙和郁金香新长出的粗壮的绿色枝条的鼓舞。等天气暖和些，我必须邀请冥想小组的成员在花园里聚一次，感受我们周围充盈的自然力量。

2月19日

接着前两天日记中谈的话题继续说，我越来越清楚地认识到，我们所有人的生命都彼此牵连，密不可分。没有谁是独自存在的。就像詹姆斯·迪恩在电影《无因的反抗》中所扮演的那个角色在其中一个场景中大喊的那样："可是，妈妈，我们都卷入其中了！"

今天我去芬奇利路的维特罗斯超市购物了。接下来有各行各业的多位朋友来吃午饭，我不得不先准备点食物。哈丽特周四来，塞琳娜下周一来，斯蒂芬妮是下周四，肯是下周五。显然，我的能量正在回归！

2月20日

去安湃声服务中心调试我的助听器，回来后享用了一顿美味的午餐——加了磨碎的格吕耶尔干酪的洋葱汤。晚餐是浓郁鲜香的鸡汤配米饭！正在重读荣格的《心理学与宗教信仰》。

2月21日

我又在重读帕特里克·伍德豪斯的《埃蒂·希勒森：被改变的人生》。今天，当如此多的人对既定的宗教产生怀疑时，埃蒂启发了他们如何找到隐藏于内心深处的信仰。她的信仰基于她自己直观的、个人的和直接的经验。她主动地练习冥想，"我全身心地专注倾听，试图理解事物的意义"。二十九岁时，她死在了奥斯威辛集中营。

2月23日

天气实在太冷了，媒体将这极端寒潮称为"来自东方的野兽"[1]。我准备出门去商店时，房客出现了，挥舞着一顶羊毛帽子并示意让我戴上，护住耳朵。今天早上，他和莎伦讨论了大厅和厨房里湿度不断增加的问题，以及怎样能最好地解决这个麻烦。

2月24日

左脚好痛，走路一瘸一拐的，我现在像个超级老的老人一样，步履蹒跚。这是因为我此前又开始喝红酒了。我现在已经停掉了红酒，正在服用药物，以消除疼痛。晚上，我去公园剧院看了一场关于玛格丽特公主的戏剧。这场戏剧并不精彩，而且有些演员的演技也不太好，不过扮演公主的菲丽西蒂·迪恩却展现

1　一个关于天气的牛津网络热词，形容天气非常寒冷。

出了高超的演技。显然，迪恩做了功课，一定看了不少关于公主的纪录片，因为她不仅再现了玛格丽特的语气腔调和行为举止，还像那些出自斯坦尼斯拉夫斯基表演体系的优秀演员一样，将这些细节都消化了，化身成了公主本尊！这样的表演会让你目不转睛，心醉神迷，因此在剧终时，我大声喊道："太好了，棒极了！"很少能看到如此完美的表演。

2月25日，星期日

风像冰锥，砭人肌骨。

整理文稿资料，这是一个持续的日常工作。我打开我的小笔记本，里面记录了一些别有含义的梦境。今天刚好翻到2017年1月20日的记录："我的情绪非常差，觉得自己仿佛在一口已经干涸的深井底部，而我唯一能做的就是等待有人放一只桶下来，把我拉上去。"然后，我清醒地躺在地上，脑海中浮现出几十年前我画的一幅画——我在《内心之旅：更远的旅程》一书中有描述过——当时我的心情非常低落。那幅画描绘了一个方济会修士为困在干涸井底的我缓缓投下一只桶……然后我继续画，画了一条隧道，从井底通向一个小洞穴，那里有一座简朴的石头祭坛，上面还放了一粒种子。我意识到，我的任务是给这颗种子浇水：冥想的种子。然后，我又画了第二幅画，不过这里的种子长成了一棵大树。后来，我还想到了一些话："向着更深处走去，通过隧道进入地下，进入地心，穿过无边的黑暗，因为隧道的尽头有光明。"

正如我经常对冥想小组成员所提示的那样：我们内心深处有我们需要的所有智慧。这个问题的重点在于一直持续向下深入，而不是回避黑暗。

2月26日

去医院看洛根医生。她说我的耳道里绝不能放任何东西，只需滴几滴专用油抑制耳垢滋生，也能免去灌洗耳朵的麻烦。

我们正处于北极寒流的控制之下——今天早上似乎要下雪，偶尔有一些雪霰飘落，然后又停了。我怀疑明天会更冷，或者有可能下一场大雪，这样反而会暖和一点。我最近在读洛瑞·李的随笔集《乡村圣诞》。我从来没有羡慕过任何人或任何物品，但现在我发现自己非常羡慕洛瑞·李的遣词造句，那是作为一个诗人的巧妙措辞，使其作品散发出了特有的光彩。别人无法模仿他，这是只属于他个人以及他那类作家的特质。

打印机罢工了。我尝试了一切可能的办法，最后陷入了绝望。房客出门的时候，顺道走了进来，并请我代他向今天将和我共进午餐的塞琳娜致以最友好的问候。我表达了我对打印机的绝望之情。他严厉地答道："每次只要我走进这个房间，你总会发号施令，要我做些什么！"我赶忙道歉并解释说，我对自己经常无法搞明白这些高科技工具感到绝望，这是变老的缺点之一。但他说得没错，一个人可能会变得如此以自我为中心，只考虑自己的需求，然后唐突地将其强加给别人。

这对我来说是一个深刻的教训。房客发现，打印机罢工是因为需要更换一个新硒鼓。于是，我给麦克·威廉姆斯打电话，因为我知道他前段时间订购了三个新硒鼓，他回答说马上过来给我换上新的。今天房客对我的指责是罪有应得。我意识到，老年人很容易变得爱抱怨和发牢骚，就像一个被宠坏的孩子，只为自己着想。

与塞琳娜一起用餐，共度了一段美好时光，尽管那道鸡胸肉没有煮熟！雪花纷纷落下，整个花园都变了样，但后来出去买东西时，我不得不小心翼翼地走。很高兴现在又回到了温暖的家中。

2月27日

花园里的积雪很深，更多的雪花正以极快的速度落下来，时而向右倾斜，时而随风改变方向，就像一袋袋鹅毛被倾倒出来一样。这不是前些天里那种轻轻飘落的雪花，而是一场真正的暴风雪。

2月28日

　　房客对我说，我最好别出去。明天斯蒂芬妮·科尔来吃午饭，而我需要的食材，他会帮我采购。

2018年

3月1日

我和斯蒂芬妮认识很久了。我和海威尔在爱尔兰生活时，她来探望过我们几次，并小住了些日子。我告诉她，莫莉·基恩[1]给海威尔起了个绰号叫"布罗德温"[2]，因为莫莉说海威尔不知道怎么布置桌子。假如某个教堂的早间弥撒需要人手，她是不会举荐他的！此后，每当我为客人做饭，需要海威尔帮忙摆

---

1 莫莉·基恩（Molly Keane，1904—1996），被誉为爱尔兰黑色喜剧文学女王。

2 布罗德温（Blodwyn），来自威尔士语，意为白花，福佑之花，女名、男名与姓氏中都有应用，但此处更多是谐音玩笑，即bloody one，坏家伙。

盘时，我就会大喊一声"布罗德温"。今天，斯蒂芬妮想进厨房帮我，我跟她说韦尔太太（我开玩笑虚构出来的女管家）不喜欢有人在她的厨房里添乱。斯蒂芬妮回忆起她在爱尔兰时的情景。有一次，她对海威尔说："我是不是该去厨房给吉米[1]搭把手？"海威尔回答说："别去，主教[2]不会喜欢的！"

我告诉她，有一次我们的朋友乔伊丝·格兰特来科克探望我和海威尔，这期间，我突然厌烦了一个人承担所有做饭的活儿，于是说："我们来轮班吧。我周一做饭，乔伊丝周二做，海威尔周三，依次循环。"周一和周二一切顺利，但到了周三，海威尔咧着嘴提议道："我想，我们今晚去餐馆吃饭吧！"所以，我又做回了马大[3]！

1　作者詹姆斯的昵称。
2　对詹姆斯的玩笑指称，因其也是牧师。
3　马大（Martha），伯大尼的马利亚与拉撒路的姐姐，操持家务。

3月2日

雪下得更大了，全国大部分地区都被积雪覆盖。莎伦来与房客一起商讨如何处理大厅和厨房里的潮湿问题，两人随后决定订购一台除湿机，一旦这样能达到干燥效果，那以后每两三年就安排一次除湿计划。水槽也堵住了，我不得不打电话给戴诺罗德（管道疏通服务公司），一共打了三次才通。与此同时，我只得在浴室的水槽里把所有的盘子洗了。

预计今天下午雪会更大。让我深受触动的是，郁金香的绿色"长矛"从花盆上方厚厚的积雪层中探了出来。

我本月的第一篇博客文章已发布，目前已有四条评论，显然，它触动了每个人的神经。鉴于前些天我在这本日记里所写的关于海威尔离去给我带来的沉重打击，这篇文章对我而言同样适用！

文章的标题是《结束与开始》。内容如下：

当一个人被宣布为裁员对象或被解雇时，当一段感情结束或心爱的伴侣去世时，要放手过去，面对未知，是很痛苦的。我能搞定另一份工作吗？当对我来说最重要的人已经不在时，我该如何继续生活下去？

我们无法摆脱这种凄凉感，也不应试图这样做。但在以后的每一天，我们需要一点一点地学会直面这种空虚。

当然，空虚就在我们内心。那些赋予我们生命意义的工作或人已经不在了，我们只能靠自己。我们都有悲伤的时候。想想罗伯特·弗罗斯特《灶巢鸟》的最后两行诗句：

他的疑问只差用言语说出，
即该如何看待那已衰败的事物。

我们必须相信命运，相信新事物确实存在，在拐角处就能碰到。正如灵性导师尼佩玛·丘卓所写："大失所望时，我们不知道故事是否就这样结束了。但那可能只是一次伟大历险的开始。"在深感失落、看似失败的时候，正是遵从这一命令的时刻："将你的网撒向深处。"

如果我们能够沉入自己的内心深处，直面痛苦、空虚与孤独，我们就会找到新的成长点、新的可能性，这将使我们能够以更广泛的理解力去回应他人。

莎伦和房客发现，水槽堵塞的部分原因是U形水管弯头里积满了油渍，所以房客准备更换一个新的。此外，两人还整理了家中的所有亚麻家纺、床单和枕套，其中一些因多年来沉积的斑驳污渍而无法使用，被扔掉了，还有一些我让莎伦连同一个装满彩色羊毛线团的大袋子一起带去了妇女协会。莎伦和房客整个上午都在辛苦劳动，干劲十足，而家里的东西经过整理后，效果比我之前做的好太多了……

3月3日

过去几天我一直被关在家里，因为外面的积雪很深，所以房客郑重地告诫我不要出去。今天开始化冻了，我本想去商店的，但来给我上亚历山大理疗课的安妮说，路上太滑了。这一切让我想起了那些被囚禁在小牢房里好几个小时的囚犯。

我们的水槽还是有问题。我听到突然传来的咕嘟声，然后里面就满是污水。过了一会儿，水才渐渐退去，但一两个小时后，水又涌了上来。

3月4日，星期日

化冻了，花园再次变得绿意盎然。但水槽下面的污水还是继续往上冒，房客不得不拿盆把脏水舀出来，倒到外面去。我们明天会请一个本地的水管工来维修。

今天我们的冥想小组有活动，这次轮到我发言了。

3月5日

去安湃声服务中心见听觉矫正专家巴里·罗杰斯，他之前通过电子邮件给我推荐了一款新型助听器，说它不会堵塞耳朵，也不像我现在用的这个会导致耳部感染。新产品需要大约三千五百英镑，我没有这笔闲钱，相较于把钱花在这里，家里更换双层玻璃更为急迫，那大概需要八千英镑。不过，这款新产品推出了一个用户可以在一年内分期付款的优惠政策，所以我要开始存钱了。

我给代替永久产权业主管理这套住宅的中介公司发了封电子邮件。他们已经派出一个顶级的水管工团队来解决我们的水槽一天多次充溢脏水的问题！

3月6日

我去探望了现年九十二岁的埃斯特尔·斯波蒂斯伍德。尽管她患有骨癌，但直到几个月前，她还打扮得漂漂亮亮，雷打不动地参加我们每月一次的冥想活动。现在，她每天躺在床上，由一个名叫玛格丽特的出色护工照看着。此外，还有一个可以随时提供帮助的后备团队，所有这些都是她家人自费安排的。她盯着我看，我不确定她是否认出了我；她似乎已与我相隔千里，而那发干的喉咙正在挣扎着呼吸和发声。我坐在那里，一言不发地握着她的手，然后当我起身准备离开时，我用手在她的额头上画了一个十字。在门口，护工玛格丽特请我也为她祈祷。回来后，我躲进自己的房间看书、休息。

3月7日

我与马尔科姆·马格里奇及其妻子吉蒂是在20世纪60年代相识的。我经常到英格兰的罗伯茨布里奇拜访他们，或与他们在法国南部一起小住。当时，马尔科姆正处于他作为电视名人的事业鼎盛期，每年都会在美国巡回演讲。得知我要为汉普斯特德的剧场筹集资金，他与其在纽约的经纪人为我安排了一个巡回筹款行程。柯尔斯顿·利[1]是当时纽约顶级的演讲活动经理人，他的常客包括马尔科姆，大都是埃莉诺·罗斯福总统夫人这类人物，所以在这份名单上，我的排名很靠后。不过，他印了一本介绍我的精美小册子，其中包括田纳西·威廉斯、西比尔·桑代克夫人、约翰·吉尔古德爵士和迈克尔·雷德格雷夫爵士等人的背书。在我动身之前，马尔科姆给了我两条建议：一是演讲永远要从一个笑话开始；二是永远要穿最好的鞋子。我对后一条建议感到困惑。"因为，亲爱的孩子，"他回答说，"当你站在讲台上时，那些坐在桌子旁的人看到的是你的鞋子！"

于是，我启程前往美国。抵达后，我见到了柯尔斯顿·利，一位六英尺高、曾多次赢得赛事奖项的前拳击手。他说："我只有两个忠告给你。首先，仅仅是擅长这个游戏是不够的，你必须是最优秀的。"对此，我回答说我正想做到最好！然而，他的第二个忠告更

1　柯尔斯顿·利（Colston Leigh，1901—1992），创建了世界主要的演讲机构之一，W. 柯尔斯顿·利公司。

令人费解。"有些情况下，在妇女俱乐部，人们对你的演讲内容并不感兴趣，只对触摸感兴趣。"但他没有展开说明！

我预定的第一站演讲地是在得克萨斯州休斯敦的一处新成立的妇女俱乐部。该俱乐部坐落在几片草坪之间，门口铺着红地毯，并且有穿着统一制服的服务人员。会堂内的墙上挂着印象派画作和奥布松挂毯。餐厅里，大约有五百名女士正坐着享用素食午餐，而我和俱乐部主席及其他工作人员则坐在一个讲台上。我们身后是一扇大窗户，上面挂着白色窗帘。当我站起来准备发言时，我们都注意到了有一只老鼠从帘子的另一边蹿出，此刻正扒着窗帘往上爬。我立刻尖叫着跳到了椅子上，这也为我的演讲带来了全场第一次大笑。

演讲结束后，我走到这些女士中间表示感谢，她们一边抚摩着我脖子上的丝巾、我的手臂，一边喃喃自语道："哇，他好漂靓[1]！太漂靓了！"或发出诸如"我

1　作者在这里用"purty"表示"pretty"，故意模仿当地的口音。

的曾祖母来自威尔士"之类的思古之情。这时我才意识到，对她们来说，我是来自古老英格兰的"遗物"！

在第一次巡回演讲途中，我来到北卡罗来纳州的埃隆学院，并打算在那里停留一个星期。詹姆斯·埃尔德博士是那里的教员之一，他邀请我周日去吃早午餐，与他的一些学生会面。我到达时，他正忙着煎培根和鸡蛋，胸前的围裙上有一个大大的英国米字旗图案。我注意到学生们都在喝格雷伯爵红茶，往烤面包片上涂牛津库珀牌橘子果酱。在背景乐中，我听到了一段录音，夹杂着人群欢呼的声音、马蹄的嘚嘚声和车轮声。然后，突然之间，管风琴响起，一大群民众随即唱起了英国国歌。直到那时，我才意识到，我们听的是女王伊丽莎白二世加冕礼的录音。就在这时，学生们放下茶杯，立正站着，然后庄严地唱起了《天佑女王》。我惊呆了。一切结束后，我还是感到惶惑，并相当羞怯地问他们是不是因为我在场才这样做的。"哦，当然不是，"他们回答道，"我们每个周日都这样做。"

3月8日

明天，我打算做红酒焖鸡，与房客一同分享。

3月9日

房客与莎伦在温室里处理天顶百叶窗后面的死苍蝇，他们花了一个半小时。我去皇家自由医院找吉斯·亨特做按摩。由于耳朵感染，我已经有几个月没做按摩了，但现在我又恢复了每周一次的按摩治疗。

吉斯告诉我，赫尔那边有位即将退休的医生在YouTube上看了他关于按摩重要性——尤其是对老年人——的演讲后，想将退休后的全部精力用于服务其所在社区的老人，并询问他是否可以来伦敦向吉斯拜师学手艺。后来那个人来了，逗留了一天，然后写了一封非常感人的信，还在信中附了一张五百英镑的支票，作为对吉斯那天工作的感谢。吉斯是其团队中唯一受雇于英国国民医疗服务体系的人，但他通过筹集资金，发起了一个慈善项目，并组建了一个团队，尽管其中有相当一部分人是志愿者。他们现在每年服务超过三万五千名患者。不足为奇，大约两年前，他因其杰出的贡献被授予大英帝国勋章，但他确实想知道，十八个月后，也就是在皇家自由医院工作满五十年后退休时，他的生活会发生什么变化。

3月10日

一天的家务劳动。

3月11日，星期日

鲁珀特在圣多米尼克教堂的弥撒结束后，来吃了早餐，整个聊天过程十分愉快。

克里斯来吃午饭，有烤猪肉，还有其他餐点。他非常善于表达，谈话内容是如此精彩、引人入胜。我稍稍午睡了一会儿，之后我们喝茶，继续聊天。刚过六点，他就离开了。

3月12日

去安湃声服务中心装新的助听器，然后购物，回家做饭。

3月13日

摆好餐具，红酒焖鸡是预先做好的，只需加热。我还准备了蔬菜：胡萝卜、韭葱和一些蘑菇。图希带来一道用菊苣、洛克福乳酪、梨和核桃做的开胃菜，乔安娜带来的是杏仁布丁，塞莉娅带的是葡萄酒。不过，皮尔斯和我喝的是我从葡萄酒协会拿回来的"不含酒精"的起泡酒。

晚餐非常成功，主要是因为皮尔斯是个健谈的人，能活跃气氛。我更喜欢倾听。海威尔则爱热闹，是个爱社交的人。

3月14日

去斯塔夫罗斯店里剪了头发。他的发廊与相邻的建筑被一家房地产开发公司买下，用来盖公寓，所以他不得不在年底前离开，另寻新址。

回来后，见了理查德·比彻姆，他正在执导即将启动的舞台剧《查令十字街84号》的巡演，与斯蒂芬妮·鲍尔斯和克莱夫·弗朗西斯这两位演员合作。两年前，这部剧在剑桥演出时，我是导演，主演也是这两个人。

3月15日

有趣的是，步入老年后，不得不对记忆进行挖掘。我常常想不起某个名字，或者可能只记得人家的名，忘了姓是什么，这种时候，我会按照字母表的顺序去搜索，直到正确的名字在脑海中"咔嗒"一声匹配。每天做简单的填字游戏时也是如此。我经常无法立刻想出某个词，但如果我将字谜丢在一边，静待十分钟左右，答案就会突然出现。这意味着一个人必须在记忆力方面定期进行训练，不能在精神上偷懒。

我坐C11路巴士去芬奇利路买了一个新的小咖啡壶，还有其他一些小东西。然后在巴拉特肉店买了鸡胸肉和鸡腿，够做两顿红酒焖鸡了。另外，我还买了一只整鸡，打算周六烤着吃，以免到时房客想一起用餐却不够吃。

我发现，自己对人们在公交车、街道等场合用手机进行单方面的冗长聊天感到困惑。他们到底在说什么？为什么都没有耐心听对方讲话？！但话说回来，正如我以前所说的那样，我不是一个天生的健谈者。

3月16日

读玛丽·奥利弗的诗歌《当死亡来临时》，我注意到最后一行诗句："我不愿只在世上走一遭就死去。"

3月17日，星期六，凌晨三点

海威尔在身边的那种感觉不断减弱，这使我感到十分低落。但我也意识到，这是向前迈出的重要一步。我正学着放开他。

3月18日，星期日

房客为我播放了今天的《有所理解》，也就是上次我参与录制的那期广播节目。在节目中，马克·塔利就约瑟夫·坎贝尔的"追随你的极乐至福"这句话向我提问，然后通过巴勃罗·聂鲁达、凯瑟琳·雷恩和斯蒂芬·斯宾德等人的作品，我们进一步探讨了这个概念。整期节目关于思考的编排很精彩。

整理文稿资料，这是一项永无止境的工作。翻到了约翰·库珀给我写的回信。我之前告诉他，在迈克尔·布莱克莫尔执导的《快乐的精灵》中，人们对安吉拉·兰斯伯里大加称赞。安吉拉每次上场和下场时，观众们都会鼓掌，剧终时，大家还会为她起立鼓掌。后来诺曼和我顺道去看她，发现竟有大约两百人聚在剧场后门的一道路障后面，等着她出现。在演艺巨星艾弗·诺韦洛之后，我还从未见过这样的场面！下面是约翰所写的内容，讲述了一小段戏剧史：

　　这让我想起了我们当地的一家剧院，也就是切尔滕纳姆的"人人剧场"。当时，这家剧场的导演有个很强的演员班底，大多是他经常合作的老前辈，包括塞西莉·考特奈奇，以及不可或缺的杰克·赫伯特。塞西莉从不以普通的方式进入或离开剧场，而是动作极为夸张，招摇地进进出出，还经常在舞台上做短暂的停顿，然后瞥一眼观众。她每次上下场时，观众们总是会为她响起热烈的掌声！我还记得有一次，杰克·赫伯特扮演一名警察——他属于超龄演出，实际年龄至少比剧中角色的年龄大了二十岁——他带着一个写字板，上面显然是他的台词。塞西莉会时不时地提示他一下，比如她会说："你可以问我一些问题，我们是不是该坐下来啦？"我们都特别喜欢！真是快乐的回忆。

3月20日

去皇家自由医院做按摩，然后去购物。晚上稍晚些时，我又为明年，也就是2019年的博客写了几篇文章。现在该睡觉了。本周末，时钟要向前拨一些了，那将产生巨大的影响。[1]

不过，今天天气很暖和，所以我在花园里干了点活儿。

---

1 指开始启用夏令时。另，按前文、这里及后文日记中所提，作者每月发布两篇博文，一年共二十四篇，并会预先准备好下一年的文章。

3月21日

今天"耶稣基督"来吃午饭——好吧，不是每个人都可以这么说——他将以罗杰·亨德（他在我1973年制作的切斯特神迹剧中扮演基督）的身份到来。我最近的一篇博文触动了罗杰，他给我发来电子邮件：

> 亲爱的詹姆斯，我刚刚读了你的新帖子。而在此之前，我刚和一位朋友聊到你是如何指导我在1973年的切斯特神迹剧里演绎基督这一角色的。对于这个奇妙的巧合，我感到非常震惊。我现在已退休，刚从一个来势凶猛、危及生命的癌症中恢复过来，我热爱生命中的每一天——坚持走路和写作。你的文章印证了我记忆中的那个人。

然后他继续写道：

跨步山医院，2010年9月

　　这是我的临终之床。我只能通过管子、营养液滴注针头、导管、静脉插管及石膏固定支撑物与人世间联系。我被隔离在一间白色病房里，白色的墙壁和白色的天花板；从病房望出去，是一座被拆除的工厂，一片灰色。几天前，吗啡的麻醉药效就已经没了。我的一个肾已被切除，我的膀胱、前列腺和淋巴结也都被切掉了吧。当我在布满血渍的床上挣扎着挪动时，我看到了自己那未愈合的伤口。我的身体就像肉店里展示着凌乱碎肉的柜台。但后来我确实开始好转了，一点一点，一天一天，逐渐好转。恢复过程漫长而艰辛，但如今，我完全恢复了活力，像重生了一般。

　　亲爱的詹姆斯，我已经有三十六年没见过你了，但在病倒的那段时间里，我有很多次想到了你。你是一份启迪，犹如一盏明灯。

或许，你可以用我的故事给别人带去希望与力量。谢谢你的文章。无限感激，满怀情谊，来自1973年的"基督"罗杰·亨德。

十二点十五分，罗杰到了，浑身散发着健康的气息，洋溢着温暖、创造力与热情。他思维活跃，满是想法——这确实是一种复活！他是一个真正的每一天、每一刻都在礼赞和享受生命的人。他离开后，我又忙着为明年的博客准备素材，目前已完成八篇，这意味着还有十六篇要写。我必须等待想法从心底萌芽！但我也找出了那些摘抄了名言警句的旧笔记本，以及我匆匆记下的随感，比如我写给朋友的便条："我不安的灵魂，被困在了静默的中殿里。"

3月22日

我去探望了埃斯特尔·斯波蒂斯伍德。她睡着了，嘴巴张着,就像一个巨大的黑洞。这是一场缓慢的死亡。我在她身边坐了十五分钟,为其祈祷。然后我带着为周日午餐购买的食材回了家。在托马斯·F. 奥米拉[1]的作品《浩瀚宇宙》的最后一页,我发现了摘自克里斯蒂安·德迪夫[2]的《生命演化:分子、思维与形成》一书中关于神父一职的观点。

3月23日

今天的时间都去哪儿了?!我整个上午都在整理无尽的文稿——这是一个日复一日、周复一周、月复一月的过程!清理,清理,再清理!

---

1 托马斯·F. 奥米拉(Thomas F.O'Meara),美国诺特丹大学神学系荣誉退休教授。
2 克里斯蒂安·德迪夫(Christian René de Duve, 1917—2013),比利时细胞学家,以电子显微镜探究细胞的内部构造,发现了溶酶体。于1974年获得诺贝尔生理学或医学奖。

3月24日

去皇家自由医院进行一年一度的肿瘤科血检。然后去玛莎百货，给花园里添置了两盆细香葱。房客在大英图书馆度过了一天，搞他的研究。下午两点，安妮来给我上亚历山大理疗课。

3月25日

尼柯拉和她丈夫克里斯托弗，还有塞琳娜和弗兰克，在这里与我共进午餐。我的助听器又出故障了，我不得不努力听别人在说什么。也许我可以效仿伊夫林·沃，用老式的号角状助听器。我给他们讲了马尔科姆·马格里奇以前给我讲的那个故事，说沃有多么厌恶他。有一次，在一场正式晚宴上，他们俩碰巧坐在了一起，结果，沃直接取下耳朵上的助听器，然后将其放在桌子上，这样他就不用听马尔科姆说什么了！

3月26日，星期一

前往格雷客栈路的耳鼻喉医院。三周前，热带病医院的洛根医生说我可以出院了，我的耳部感染已经痊愈。今天，我在耳鼻喉医院等了一个小时才被告知可以走了。每次去耳鼻喉科都要等很长时间，有时甚至要等两个小时。很容易看出，国民医疗服务体系是多么不堪重负，尽管这项公共服务是如此有价值，但超负荷运转，医护人员十分疲惫。我的朋友琼·多德曼患有骨髓瘤，不得不经常去医院输液。她告诉我，她的治疗顾问要退休了，因为太累了。大约有三百五十名患者到她的诊所定期就诊。很明显，随着人口进一步老龄化，医院将变得更加拥挤。

回程路上我买了一些东西，到家后玩《泰晤士报》上的填字游戏。

3月28日

诺曼来吃了一顿简单的午餐，然后开车载我去园艺中心，为花园前门入口处的两棵橄榄树买堆肥、建筑用砂与海藻液体肥料。

3月31日

下雨，下雨，还是下雨！不过，为了庆祝复活节，我在九个花瓶里都养了黄水仙，这一令人赏心悦目的中心装饰物是房客在两年前的复活节时发明的！

我开心的是，房客走进中央的大房间，坐在扶手椅上读书……只需这样一种安静的陪伴，对我来说就已是莫大的福佑。在复活节晚上，更是如此。有他在房间里，而不是我一个人待着，这是多么令人欣慰啊。

4 月 1 日

我今天发布的博文对我关于友谊重要性的看法相当重要，我想在这里引述那篇文章。文章的标题是《关系》，内容如下：

> 我最近翻到我为《教会简牍》写的一篇文章，是对威斯敏斯特教堂前座堂牧师迈克尔·梅恩最后一本书发表的评论。2005 年，他被诊断出患有下颚癌，他意识到，这将是对他内心精神信念的一次考验。

在他生病期间，他的妻子艾莉森始终陪伴在他身边，正是这一点，促使他以最动情的笔触描述了所有忠诚的关系。他引用了诗人威廉·布莱克的话："我们被带到世上，就要学会承受爱的光芒。"他说在这样的关系中，我们成为彼此实现自我的契机。

4月2日

阴雨连绵，寒意来袭！我一直在思考同步性的问题，某些邂逅、事件，甚至是恰好翻到某本书的某个段落，仿佛都是预先设定好的。但如果我们持续被噪声包围，就会错过许多这样的时刻。这里仅举一个例子：有时毫无来由地，我们会突然想起一个已经很久没听到音信或很长时间没有联系过的人。我始终认为，人们应该就此采取行动，与那个人取得联系。我们不止一次地发现，那个人也正在想我们，并希望能取得联系，也许是有一些问题或焦虑需要有人倾诉和分担，就像有些人在我们需要他们的时候出现在我们的生活中一样。

现在快四点了，我刚刚午睡了一个小时，虽然我早上十点半才起床，但还是觉得困乏，似乎需要很多睡眠。如果要对我九十一岁的身体状况给出诚实描述，我必须承认，我明显感觉到自己老了，很容易疲倦，而且四肢也常酸痛。我还注意到，吃饭时，当我用叉子举起食物，我的手会颤抖得厉害，然后叉子上的食物就会掉下来！但我不想谈论这个，不想因此给别人添麻烦。我还注意了疝气所导致的日夜持续的疼痛，但由于我的年龄太大，无法进行手术。而且我的家庭医生乔纳森说，即使做了手术，也无法保证这毛病能被根除。所以我裹着疝气带，继续忍受疝气之苦，没告诉任何人。不该让我的朋友们听这烦人的"器官独奏会"。

4月3日

我再次退缩，早早地就躺在了被窝里——是的，才晚上九点。这时，"存在性孤独"一词出现在了我的脑海中，于是我起身在谷歌上搜索它的确切含义。这种孤独通常是由于一个人缺乏适用于自身的、属性明确的角色而造成的。如果一个人能在生活中确定自己的位置，如果一个人的角色能得到明确定义，那么这个人就不会觉得自己被孤立了。

当我继续怀念海威尔的物理存在时，孤独感变得更强烈了，这是因为我没有了明确定义的角色。我成了一个"昨日之人"。曾经的我，拥有导演、作家及演员的头衔和名声，但现在老了，没有了明确的角色。不过，幸运的是，我还能写作。

不难看出，无数老年人深感孤独，是因为他们在生活中不再有明确的角色。不过，我还是必须提醒自己，要牢记自己拜访九十多岁的朋友安·鲍威尔时的情形。"我希望自己能做点什么！"她说。我回答道："安，你什么都不用做，能和你在一起，本身就是一种快乐。"

她完美地诠释了艾米莉·狄金森的诗歌《完善的生命》：

支柱扶持着房屋，

直到房子建成；

然后支柱撤走。

房屋则胜任，端正；

自己把自己支持

不再回想

钻子和木匠——

正是那样的回顾

具有完善了的生命——

木板和铁钉的前尘

还有迟缓——然后脚手架倒下

确认它一个灵魂。[1]

1　《狄金森诗全集》，［美］艾米莉·狄金森著，蒲隆译，上海译文出版社，
2020 年 7 月。

作为演员、导演、作家、教师与牧师，我有过如此丰富的生活，而我如今需要学习的是在人们需要我的时候出现，然后对他们提出的疑问做出回应。所以，在我这个年纪，放下诸多包袱，接受劳碌的人生即将结束的事实，并为最终动身踏上下一段旅程做好准备，是恰当之举。虽然外在的事务减少了，但仍有很多内在工作要做！

《分享一生》的校样到了，我把它们打印了出来，便于我一行一行地校读。马柳什顺道来访，并在我桌子上方和烤箱里各装了一个新灯泡。他总是不肯收钱，但我硬是把一个装着钱的信封塞进了他的口袋！上周六，他出人意料地到访，为复活节带来了丰盛多样的波兰糕点。我给了他一个大大的拥抱，以表感谢。

4月4日

想到存在性孤独，想到没有明确定义的角色，这让我突然想起了《艾斯维尔与小丑聚会》中的内容，这是我的《奥德与艾斯维尔历险记》[1]系列的第三部。在那一章中，艾斯维尔坐在小丑之王的大篷车上，丑王告诉他自己即将退休，并计划提名艾斯维尔为其继任者。

"你为什么要退休？"艾斯维尔问道，"你为什么不能继续当王？"

"我该退休了。有一天，你也会一样。时候到了，你就会知道的。而且，新一代的小丑已经登上舞台，他们需要一个新的领导者，可能是比我更合适的领导者。"

"退休后你会做什么？"

"我还不知道。一个人从不再是国王的那一刻起，他就不再拥有权力。"

当然，他拥有的将是影响力。

简而言之，就是这样！

1　奥德（Odd）与艾斯维尔（Elsewhere）是书中角色的名字，分别有畸零异类与局外人的寓意。

4月5日

去皇家自由医院做按摩。几个月后，吉斯·亨特将从皇家自由医院退休，他在那里已经工作了长达五十五年。他对退休感到畏惧。他非常清楚我与他分享的关于存在性孤独及没有明确定义的社会角色的看法。现在，他还是一如几十年来所做的那样，每天凌晨四点起床，做一顿丰盛的早餐，然后开车去市区，从早上五点半到下午两点都待在医院。他经常要给那些即将进入手术室接受手术的病人和神经紧绷、焦虑不堪的病人提供帮助。

晚上去萨维尔俱乐部参加诺曼的七十岁生日聚会。聚会上，我义不容辞地说了祝词，然后提议大家举杯为诺曼庆祝。我坐在普琳西丝·约瑟芬·勒文斯坦[1]的旁边。她为人谦虚，热情大方。

其实，聚会我差点儿就迟到了，在出租车上时，

---

1 普琳西丝·约瑟芬·勒文斯坦（Princess Josephine Loewenstein，1931— ），英国女演员。

我发现我的其中一个助听器的电池没电了，于是我让司机掉头回去拿备用电池！好在我们后来准时赶到！啊嗬，好险！

4月6日

今天早上到约翰·贝尔与克罗伊登的门诊那里，让他们为我的脐疝绑一条疝气带。

我做了点扁豆汤，正在烤一条全麦面包。

4月8日，星期日

今天，玛丽和她丈夫安德鲁、他们的女儿西莉亚（以上均为化名），以及另外两个朋友，来这里参加我为他们设计的一个简单仪式。该仪式标志着他们婚姻的结束，一切都自然而然地进行着。

两个月前，玛丽来告诉我，在经过了四十九年的婚姻之后，她的丈夫坚持要离婚。这一事态被挑明时，她非常痛苦，伤心欲绝。她请我设计一个简单仪式，标志他们关系的结束。几个星期以来，我反复思考，最终想出了一个方案，但我坚持要求他们三十五岁的女儿西莉亚和另外两个朋友一同到场。

我邀请他们坐在我温室里的长桌旁，彼此手牵着手，闭上眼睛，聆听塞缪尔·巴伯的《弦乐柔板》，然后回想他们婚姻中所有美好的瞬间，回想那些真诚的祝福与共同的经历，不再对过去的失败或误解抱有任何怨恨。而他们的女儿要做的则是回想父母曾带给她的所有美好记忆。

接着我们开始了简单的仪式。安德鲁握着玛丽那只戴着婚戒的手，一边摘下戒指，一边说："我，安德鲁，曾给你戴上这枚象征我们已经结合的戒指，现在我将收回它，以此确认我们不再是夫妻。"

然后玛丽说："我，玛丽，接受此举，以后我不再是你的妻子。我们的任务是继续向前，并对我们曾共同经历的所有美好事物心怀感激。"接着，安德鲁转向他们的女儿，说："西莉亚，我把这枚戒指送给你，作为亲情的象征。虽然我和玛丽不再是夫妻，但我们仍是你的父母，只要有需要，我们会一直在你身边，没有什么能带走这份亲情。"

现场停顿了片刻。西莉亚握着她父母的手说："我爱你们。"然后她拿起长笛，吹起"摇摇乐圣歌"《简单的礼物》，这是一首关于学会让步并学会放手的曲子："不断转动，又转动，直到我们找到正确的方向。"

两天后，两人都写信来表达感谢。玛丽在信中写道："我的内心既充实又满怀感激。如此强大，又如此简单。在举行仪式之前，我并未能完全理解西莉亚这一角色的作用。现在，我清楚地明白了让她保留我们婚戒的意义和重要性，因为之前一想到在离婚之事结束后，我要取下它并将其扔在某个抽屉里就感到心烦意乱。而现在由女儿保管戒指，这使我感到很欣慰。这样才是对的。那枚戒指代表了我对安德鲁对我的爱和支持的完全信任，可在全部实情揭露之后，它就仿佛是套在我手指上的一个谎言。不过对我来说，它仍然象征着多年来的真相，事实上，我对安德鲁的信任也是完全有道理的：我们之间有过如此多的爱，而且持续了很久。虽然我很受伤害，既悲伤又愤怒，但我心里总有一部分还是爱他的。我仍在挣扎着接受摊牌后带来的冲击，但我清楚地知道，上周日你为我们所做的一切是迈向新起点的巨大一步。那天，我感觉自己被释放了。从悲伤到解脱，就像坐过山车一样。"

4月9日，星期一

去牙医诊所见牙科保健师，进行六个月一次的例行检查。没问题。我很幸运，不用戴假牙，还有一头健康的头发。

4月10日，星期二

爱德华来给花园中的小书房进行防腐护理，用杂酚油涂抹木板墙。我还请他每周来一次，处理那些沉重的大垃圾箱——将它们搬去外面，好让环卫车收走。由于疝气的缘故，我最好明智一点，不要去拖拽那些沉重的容器。我意识到自己必须停止吃力的举动！我还安排巴吉斯连锁超市将我购买的生活用品送货上门，而不是自己拖着沉重的购物小车跑来跑去。我早该考虑这一切了。

我逐步恢复了适度晚睡的习惯，尽管现在晚上天黑得还是很早。相当长的一段间隔后，我再次用CD机播放起了音乐。我已经完成了明年计划发布的所有博文，总共二十四篇。

4月11日

在任何关系中，需要永远记住的一个重要准则就是，别提要求。当然，正是情感上的不安全感让一些人产生了强烈的占有欲，就好像害怕自己被丢下，从而陷入孤独。孤独如今已位于社会的头条话题之列。最近的一份报告显示，虽然有很大一部分老龄人口独自生活，但当今最受孤独困扰的却是更年轻的一代。一项新的分析发现，二十五至三十四岁的人最容易感到孤独，其中6%的人表示，他们总是或经常感到孤独。在十六至二十四岁的人中，有10%的人表示他们总是或经常感到孤独，相较而言，在所有成年人中，这一比例略高于20%。这一发现驳倒了老年人最容易感到孤独的常见假设。我的感觉是，孤独是当今社会的主要特征之一。过去有街道社区，有伴随着小教堂、主教堂与犹太教堂等形成的宗教社区，而且一般来说，人们拥有相同的价值观，相互关心。可悲的是，现在这一切都分崩离析了，这使得像我们的冥想小组这样的小团体也成了重要的"绿洲"。

4月13日

莎伦来打扫卫生，我去购物并预约了下周二去修脚指甲。《分享一生》的最终印样我已校读完毕，并为书中每张照片写了说明。我用柠檬汁、油和龙蒿叶腌制了鸡腿，并提前煮好了"Dublin Coddle"（都柏林式土豆炖肉肠），这些都是为周日晚上来这里吃晚饭的肯准备的，到时候，我只需要把它们加热一下。

4月14日

没什么值得特别一说的：购物、上亚历山大理疗课、准备食物……今日艳阳高照，天气温暖，很多人都脱掉了多余的衣物。春天真的已经来了吗？

晚上：面对"存在性孤独"这一事实，我又向前迈进了一点点，现在我晚上十点才会上床睡觉，并且只喝一杯红酒，而直到不久前，我还倾向于喝上几杯来麻痹自己的大脑。这一切都是来自无意识领地的意外信息所引发的结果，而当"存在性孤独"这个词最初在脑海中浮现时，我还不知道它是什么意思。我们要做的只是倾听内心！

4月15日，星期日

肯来吃晚饭，我们分享了很多话题。十一点上床睡觉时，我发现自己一直在思考无意识的智慧，就像我在海威尔死后做的那些梦一样，它们从一个人的潜意识深处涌出，带来了治愈之效。

4月16日

由于昂贵的新助听器不断出现故障，我早前去了威格莫尔街的安湃声服务中心投诉，说我已经"绝望"了，并问他们有没有可能退我一些钱？！不仅右耳中的那个接收器不断鸣叫，而且我不得不一次又一次地对房客或其他人说："我听不清你在说什么……等一下，让我去把旧的助听器装上。"而戴上助听器之后，我便能听清楚每个人的声音。

优秀的听觉矫正专家巴里此前问我，他是否可以试下别的解决方案，然后他那么做了。但当时我一到家，刚走进厨房，助听器就开始发出尖叫。正在泡茶的房客说："我能听到它们在吹口哨。"于是，我给安湃声服务中心打电话，约定明天下午三点去店里进行紧急处理。明天上午，我要先去"英格兰小街"（店名）修脚指甲，然后下午两点，爱德华会来把垃圾箱搬出去，并进行本季的第一次草坪修剪。两点二十五分，我将乘出租车前往威格莫尔街。

之前一到家，右边的助听器就开始大声尖叫，恰巧在厨房泡茶的房客也听到了那"口哨声"。但现在，左边的也开始叫了。我已经预约了明天的紧急服务，这副助听器根本没用，只让我无端损失了一大笔钱。

4月17日

我刚刚按照维特罗斯超市附赠的食谱做了道番茄汤，然后就去安湃声服务中心解决助听器的问题了。

安湃声的听觉矫正专家巴里·罗杰斯承认，新助听器对我不适用，所以我可以得到全额退款！太棒了！

我可是付了超过两千五百英镑的费用！

回程路上，我一直在哼唱："这是布谷鸟最喜欢的天气——我也喜欢！"

4月18日，凌晨四点四十八分！

有趣的是，某些词句会突然从一个人的记忆中浮现，就像昨天我忽然回忆起哈代的那行诗句——"这是布谷鸟最喜欢的天气"。

我不得不给花园浇水，天太热了！我唱着："夏天——啊，来啦！大声唱——啊，杜鹃！"

这些偶尔会哼唱的歌词是目前我能记得的全部。每当唱起这些歌时，童年记忆中的一些片段就会浮现。

除了少数例外，孩子们已经不再诵读或唱这些赞美诗，正如马克·塔利所指出的那样，我们不再是一个基督教国家。不仅如此，丢失的还有过去的孩子们在游戏场上经常玩的那些游戏和随口吟唱的童谣，比如彼得和爱奥娜·奥佩夫妇为后代搜集并记录下来的童谣集《学童的语言与常识》。现在的孩子们已沦陷在他们的平板电脑里。

铁线莲和其他花朵突然绽放；我不得不给花园浇水，因为忽然而至的热浪使土壤变得如此干燥。

4月20日

塞琳娜来了。我们在花园里喝茶，分享最近的所见所闻。她是一个很特别的朋友，令人如此放松。房客与我讨论了他、克里斯还有我要是出游五天的话，有哪些地方可供选择。这将是我六七年来的第一次度假。安格尔西岛是一个可行的选项，但房客发现，那里每年这个时候的平均气温可能仅有十六摄氏度，还是有点冷。因此，我们正在考虑另一处度假地——位于英格兰南部一处由"地标信托"物业管理的乡村别墅。

4月21日

房客进来，我们谈起"存在性孤独"，他说这个词也可以简单地描述为角色的丧失，而每个有过失业经历的演员对这一点肯定再清楚不过。这让我想起了我们第一次见面时，我告诉他我是如何被赶出汉普斯特德的，甚至连告别派对或纪念礼物都没有。之后有一段时间，我一片茫然，犹如生活在旷野中。但我挺过了这一切。改变，就像人际关系的转换一样，需要意识的介入。而关于变化，我非常喜欢沃尔特·惠特曼的这句诗：

> 我不能，别的任何人也不能代替你在那条
> 大路上旅行，
> 你必须自己走去。
> 它并不远，它可以达到。[1]

---

1 《草叶集：惠特曼诗选》，［美］沃尔特·惠特曼著，李野光译，译林出版社，2017年3月。

诺曼来吃晚饭，还带来了一根新的花园用水管，他花了一个小时把管子固定在外面的墙上。他乐于助人，为别人做过很多事。我们聊到了我们俩怎么会拥有如此强烈的母性的一面，总想帮助他人，以不同的方式施予援助。房客也是一样。

4月22日

托尼·莫里斯从牛津赶来，与我讨论我的最新著作《分享一生》的出版进展。我们有着同样的活力和乐趣！我们坐在花园里，喝了几壶咖啡。他离开时，我给他装了很多可以在布莱德发出售的书，还有几块维多利亚时代风格的花布。他刚才建议说，我应该写一本关于生活中简单仪式的书。

4月23日

得益于房客所做的攻略，我们找到了一座田园诗般的小屋，带有幽静的秘密花园，而且距离莱伊古镇中心仅有十五分钟的步行路程。它看上去很像皮克曾住过的谷仓。我知道，只要坐在花园里看看书，我就已经很满足了，而皮克与克里斯（我们这一路都将由克里斯开车）则可以尽兴地享受他们自己的短途旅行！

4月24日

我开始着手写一本关于简单仪式的新书。

4月25日

这一天被苏格兰电力公司来安装智能电表打断了，这意味着要关掉所有的灯，还要在某些时候把书柜拖出来，或者在书桌下爬来钻去，等等，所有这些房客都帮了大忙。

4月26日，凌晨两点半

当我处于深度睡眠时，感觉有人轻轻地把嘴唇压在了我的唇上。醒来后，我思索着从潜意识中涌出的这些礼物，它们在现实生活中是永远不会发生的，但一种奇特的爱正在一个人的内心深处发挥作用。我很感谢这些幻象的造访。

这让我想起了海伦·沃德尔翻译的一首9世纪的诗歌片段：

> 白天我的眼睛渴望你，夜晚是灵魂渴望你。
> 疲惫的我独自躺在这里。
> 曾经在梦里，你仿佛在我身旁；
> 如果你能来，哦，就远胜所有梦想！

中午我一直在想，有多少人住在这样的房子里：许多房间都上了锁，从来没有人进去过，百叶窗也紧闭着，没有一丝日光能射入。但是，如果有幸能进行精神分析治疗，那么人们就会开始打开这些封闭的房间。我们有句俗语说"壁柜里的骷髅"[1]，并不是全无道理的。我很幸运接受了多年的荣格精神分析治疗，并且一直有结交新的精神分析师朋友，可以与他们讨论我的某些梦境。"真实"分析的体验和感受，揭示了我们每个人的丰富潜能。唉，实在遗憾，那么多人是天生的"百万富翁"，却死于"贫困"，他们的全部潜能从未得到充分发挥。

我去皇家自由医院做了肿瘤筛查，两个月后还要做一次扫描检查。

4月27日

一个人是多么容易错过自己的时机！正如哈姆雷特所说："随时准备着。"准备收拾行囊，继续前行，这里没有我们可以停留的居所！

---

1 用来隐喻隐藏在人内心最深处的真实自我。

晚年是为最终的旅程做准备，所以我们必须整理好自己的物品，只留下旅途中所需的必备之物。也是在这个时期，我们会渐渐失去朋友，失去我们曾扮演过的某些角色，还必须学会忍受孤身存世、茕茕子立。然而，当我知道某些朋友深爱着我，自己并非像无数其他人那样孤单时，还是很感动的。

马修·埃文斯通过布莱德发网站给我发送了信息，他说："我有幸在1978年为詹姆斯工作。当时我是舞台剧《同伴》的剧务助理，这是一部由布丽特·艾克兰、鲁伯特·彭利–琼斯和朱利安·霍洛威主演的喜剧。我们都知道，它根本谈不上是一部杰作，但演出仍在继续。詹姆斯的工作就像西西弗斯一样，将这块顽固而无趣的巨石推上无尽的斜坡，朝着它的首演之夜前进。他待人处事谦逊温和、慷慨大方，令人愉悦，但教鸭嘴兽飞行无疑是一项艰难的任务。

"为了排练，我们租下托特纳姆法院路上一家维多利亚时代风格老酒吧的楼上房间。一天下午，詹姆斯想把整部戏都试着过一遍，因此要找一个有利的观看位置。于是他在吧台上放了一把高脚凳，然后坐在上面看。也许，他是想躲进靠墙那边的阴影里。戏试演到一半时，我的注意力被詹姆斯那条长长的围巾吸引了，它正以轻柔而优美的姿势滑向地板。然后我抬头一看，只见我们的领导者在足有十多英尺的高处，在天花板下方的阴影中以优雅的姿势酣睡着。我不知道他在高处是如何保持平衡的。但在打了个盹之后，他对演员们进行了详细点评，指出他们该如何改进各自的演技，然后他就结束了这一天的工作，离开了。非常酷。"

我可不记得有这么个插曲了，但我确实记得，自己曾恳求制片人让该剧目一直维持在乡镇剧场巡演，不要把它引入城中剧院。但制片人将其引入了伦敦的喜剧剧院，正如我预料的那样，这部剧被搞砸了，只剩死路一条！

与梅兰妮一起去加里克俱乐部听"坎内－梅森三重奏"的演奏会。这场演奏会引起了轰动。一般情况下，音乐会在晚上八点结束，但由于观众们反复欢呼返场，这场演出一直持续到八点十五分才结束。三位演奏者笑意盈盈，布鲁斯·哈里斯更是如此，因为在过去的三四年里，这些演奏会都由他策划和组织。他还告诉我们，他们的父亲也在观众席中。梅兰妮告诉我，英国广播公司曾拍摄了一部关于这个非凡的加勒比黑人家庭(兄弟姐妹七个都是音乐人)的精彩纪录片。坐在前排的听众可以清楚地注意到演奏者之间的互动，他们敏锐地捕捉彼此演奏的乐音，对视，有时还会微笑。他们的演奏达到了完全的统一。

4月28日

重读爱德华·艾丁格的著作《基督之原型：对基督生平的荣格式分析》。这里的重点是觉醒，因为争论的焦点是意识的产生。正如荣格所写："最高和最具决定性的体验，是与内在的自我独处。"如果我们想知道到底是什么在我们无法再给自我鼓励的时候支撑着我们，就必须学会独处。

我读到这里时，有一种强烈的同步性，因为我现在仍在与强烈的孤独感、普遍的无用感作斗争。

对我们每个人来说，直到生命的最后一刻，这项工作都在继续，让自己的某些方面死亡，以便新的成长成为可能。

4月29日

继续写那本关于仪式的书。

4月30日

收到一封来自罗恩·威廉姆斯的长邮件。他首先感谢我给他寄了一本《蓝山记忆：拉德奈郡旅程》，关于那本书，他写道："很高兴能看到布莱德发信托基金会的愿景是如何推进和实现的。但它确实让我意识到，自从上次访问布莱德发之后，我已经很久没去了，我必须腾出时间来做这件事。"

接着，他详细分析了我的另一本书稿。他是在圣诞节期间读的，并反馈他在看稿时，心中"充满了感激与诸多共鸣。在我看来，这本书对这个荒漠般的领域做出了重要贡献"。然后，他继续从编撰的角度给我提了非常详细和无比宝贵的意见，我知道了书稿哪里需要校订、重写，等等。他真的太慷慨了。他最后总结道："这本书读起来太有意义了，无论如何也不能被埋没，它应该以某种方式出现在世人面前。"

查理来喝咖啡，并和大家坦诚地分享了他婚变后的一系列人生经历。不久后，皮尔斯·普拉莱特也会来喝茶。所以，今天我没怎么写东西。房客送了我一本精彩的烹饪书作为礼物，爱尔兰美食作家西奥多拉·菲茨吉本的《餐桌的乐趣》。

5月1日

　　爱德华来打理花园。现在他正站在梯子上修剪火棘绿篱，它们长得太高了。虽然天气还挺凉，但至少阳光明媚。房客得在凌晨四点出门，那样才能赶上飞往加那利群岛的航班！！

5月2日

　　在收到罗恩·威廉姆斯反馈的关于书稿的详细修改意见，以及给予的非常肯定的称赞后，我深受鼓舞，因此在过去的两天里，我一直在认真校订有关神圣场所内容的文本。努力的结果是，它现在变成了一本更薄、内容更紧凑的书。

到皇家自由医院自费看疝气。我得的其实并非以前诊断出的脐疝，而是因为我切除了三分之二的结肠，长切口处的缝线变松，致使肌体组织变弱了。由于我在服用华法林，所以不能做手术，但医生说我可以继续使用疝气带，运气好的话，应该不会有问题。

这周日，家里将举办一场有四十人参加的大型聚会。我在检查那天要用的餐具时，架子塌了，所有瓷器都掉到了地上！很多都摔碎了。安装橱柜的托尼明天会来修理架子，而我需要再买至少二十个碗碟。

5月3日

没有热水，没有暖气。幸运的是，托尼会修理水暖管道，因此解决了这个问题。我乘坐C11路巴士前往芬奇利路，将从安湃声拿到的退款存入我在国民西敏寺银行的账户。回来的路上，我为周日派对买了一些勺子和碗。因为天气乍然变暖，我给花园浇了水，或许第一批玫瑰能够及时开放，赶上派对！

5月4日

莎伦来打扫卫生。我告诉她，我还要买更多的碟子和勺子，她随即建议我去卡姆登镇的大磅店。于是我叫了一辆出租车，但运气不佳，那里没什么可买的。不过，街角有一个小贩正在卖水果和蔬菜，于是我花一英镑买了五个柠檬（用一个小碗装着），又花一英镑买了四个红菜椒。之后，我去圆屋剧场附近的折扣店，买了二十个瓷碗和二十把甜点小勺。店员说他会帮我送货到家，因为我不敢冒险背这么重的东西回去。

回来后，我用新鲜的土豆、韭葱和洋葱煮了一道汤，然后放入冰箱冷藏备用。明天，我将根据西奥多拉·菲茨吉本的食谱做一道红烧兔肉。我还打算按照她的方法，在短短十五分钟内煮好一只鸡，但煮的时候，要在鸡的肚子里放四把银叉子！这个诀窍是一个中国厨师告诉她的，虽然听起来匪夷所思，但确实有效！我还参照她的食谱做了两罐番茄酸辣酱。仅留了一点备用，其他大部分都储存在了冰箱冷冻层。

5月5日

又是夏日的一天。我从两个大水瓮中取出水仙花的球茎，然后又将订购的天竺葵栽种了。在这样的天气里，人的精神是多么容易振奋啊！

5月6日

好友珍妮给我发来邮件，讨论了关于变老的感受（我曾告诉她自己关于存在性孤独的感受），她说，这些显然是变老历程中的一个个重要仪式，尤其是从工作中退休。"结束我的精神分析培训后，我参加了几次非常有趣的退休小组会议，该组织是为威斯敏斯特教牧基金会的成员们设立的。人们说自己有多么想念往日的病人和日常工作，但后来他们开始享受退休时光，非常愿意接触那些与我们从前的专业完全无关的新事物。在经历了角色丧失和失去有偿工作所带来的认可之后，人们往往会哀叹，但一段时间后，一些新发现就会开始填补人生的空闲期。"

她继续阐述关于这一重要观点的见解："随着技术的发展，很多工作会被机器接管，由此而来的自我失落感将成为一种非常普遍的经历，所有年龄段的人都不例外。人们将不得不去寻找比酗酒更有回报、成本更低的事情来打发他们的时间和自由——可以理解的是，如今酗酒填补了许多绝望之人的空白。这些迫在眉睫的变化将迫使政治与经济形态及社会的组织方式发生更大的改变，时至今日，这一进程还没有开始。"

5月7日

整理文稿信件似乎是一件无止境的例行事务。我碰巧看到一则很有意思的笔记，是关于1970年我与法国明星吉内瓦维·佩吉会面的情况，当时我正负责运营"第二舞台"——汉普斯特德剧场的实验戏剧舞台。她听说了我们的工作，然后提出与我在她入住的卓美亚卡尔顿塔楼酒店会面。佩吉身材苗条，很高，穿着苹果绿的灯芯绒西服套装，配了一件无袖的羊皮背心，金色的短发造型，金色的眼睛中间似乎还带点绿色，她是我见过的最美的女人之一。她的样子看起来就像即将杀死巨人哥利亚的少年大卫！

她蜷缩到沙发的一端，让我坐在她身边。她告诉我，她嫁给了一个严肃、刻板的法国人，对方曾试图按照自己的期望来改造她，她逐渐心如死灰。她有两个孩子，一个五岁一个六岁。她为什么要告诉我这一切？

虽然会犯眩晕症，但她喜欢滑雪，在最陡峭的坡道上大声背诵她所演剧作的台词，对着群山大喊。她说，演悲剧时也需要体力。

聊天的过程中，房间里渐渐暗了下来。太阳西沉，广场上的那些房子里亮起了灯光，但她没有去开灯。她往巴黎打了一通电话，询问孩子们的情况。她用西班牙语对接电话的男仆说，她晚上不回去了。然后电影导演威廉·威勒打来电话，佩吉将与罗伯特·斯蒂芬斯和科林·布莱克利一同出演他执导的一部关于神探福尔摩斯的电影。她告诉我，她本打算在伦敦与马克西米连·谢尔合作出演爱德华·阿尔比的剧作《小爱丽丝》。那是她最想扮演的角色，但制片人迈克尔·怀特没能筹到启动资金。

太阳落山时，天空中烟雾缭绕。教堂的塔楼与尖顶在深蓝色天幕的映衬下，形成了一个个剪影。随着房间里的光线变得越来越暗，她的脸看起来更老了，她的焦虑与紧张情绪也越来越明显地流露出来。她引用了安德烈·纪德的一句话："困难，不在于如何选择，而在于根除。"她还问道："爱因斯坦是不是说过，你永远不会看到一个总是一脸严肃的智者？"

她太漂亮了，我不知道该怎么办。我意识到，坐在暮色里，我们的谈话已经持续了六个小时，我们变得非常亲近，极其极其亲近。她说："要不要让酒店的服务人员把我们的晚餐送上来？"这可把我难住了，我的大脑开始飞速运转，不知道该如何应对。很明显，她想让我多待一会儿，甚至共度一晚。我从未与女性有过这样的经历，不知道该怎么做，但我确实感受到了她的魅力是如此不可抗拒。我找了个借口，告诉她我必须离开了，因为我与我们的编舞师尤玛·萨斯堡约好了在"第二舞台"谈事情。

我之后没再见过佩吉，但我们会面的场景仍萦绕在我的心头。记忆中，那个纤细、带着孩子气的金色身影于暮色中蜷坐在我身旁，内心充满了无以言说的痛苦。

5月8日

我刚搬到这里时，在这个长条形花园的尽头放置了一面高八英尺、宽四英尺的大镜子，镜面对着花园。

今天早上，我大约五点钟醒来，看到镜子里满是橘黄色的光，就像圣诞树上的金色彩球——那是镜子反射的初升太阳的光芒，但我不明白为什么会有许多光斑，直到后来我才意识到，阳光是透过前方悬垂的树叶之间的缝隙照射到镜面上的。当我在六点半再次醒来时，镜子里则满是锃亮耀眼的"银饰"，闪闪发光。如果我醒得早，往往需要睡个回笼觉。现在是八点四十五分，我还穿着睡衣。正准备往浴缸里放洗澡水时，外面的门铃响了，我想，哦，又有人来送货了。但这次来的是加布里埃尔和他的助手，他们来清洁窗户。我还以为是明天。我有时确实会把日期搞混。

5月9日

我又重读了维克拉姆·塞斯的小说《均衡的音乐》，并深深沉浸其中。这本书文笔优美，描写了一段失意的爱情，非常感人。

5月10日

早上，爱德华来干了三个小时的活，修剪屋前的绿篱、两边的草坪，还除了一些杂草。

我把剩下的鸡肉煨成高汤，然后将其加入我正在煮的蔬菜里，做了一道风味蔬菜鸡汤。

我给维克拉姆·塞斯写了一封长长的信。我们上次见面是在威斯敏斯特教堂前座堂牧师迈克尔·梅恩的骨灰安置仪式上。我们第一次（也是唯一的另一次）见面是在彼得和安妮·西莫夫妇的家中。当时，我和海威尔也暂住在那里，从那栋房子里可以俯瞰一道拦河坝。维克拉姆是来向彼得学习陶艺的，和我们一样，他也在那里住了一晚。第二天早上，当我们在阳台上边喝茶，边吃抹了橘子果酱的吐司时，维克拉姆出现了，他端着一大杯红酒，还有前一天晚餐剩的冷肉！

丹来帮我解决了一个电脑问题。然后我花了一晚上的时间在一百四十四个信封上写地址，准备为我的下一本书《分享一生》的发布会邀请嘉宾。

5月11日

维克拉姆那部小说的主人公之一是音乐家朱莉娅，她完全聋了，因此无法再与其他音乐家一起演出，也无法通过电话交谈，只能当面会见，依靠唇语。这是这部非凡小说中最令人难忘的情节之一，也揭示了对这样一个人来说，这是多么令人难过的孤独处境。我在某种程度上可以体会到这位音乐家的处境，随着年事渐高，我的听力大大受损，但很好的助听器帮助了我。不过，总的来说，如今人们讲话的水平和质量已大为下降，所以我不得不经常在电话里对某个人说"你说得太快了"，或者"声音太轻了"，或者像如今越来越频繁发生的那样，说话人带有浓重的口音。我非常怀疑很多学校现在还上不上演讲课或朗诵课。

5月12日

仍在整理文稿，其间，我偶然看到自己过去写的一篇短文，是关于杰出女性玛丽·马蒂亚斯的。这篇文章作为布莱德发研究报告系列的第一篇发表，标题为"玛丽的果园"，以玛丽的视角讲述她的故事。她第一次给我写信是在1988年，当时她已经八十多岁，在电视上知道了我的相关资讯。我回复了她，然后她开始写信告诉我她做的一系列梦，我们的友谊随着这种通信交流不断加深，直到我们最终见面。

在不小心摔倒几次之后，她不得不住进疗养院，并出售了她在奇切斯特的平房。她信写得少了，但打电话的次数却变多了，有时甚至在深夜打来，那时她常常感到害怕、困惑和不开心。我鼓励她随时都可以打电话过来，无论多晚都没事。

1989年9月，她第一个响应了布莱德发信托基金会发出的关于筹款购买几座谷仓、两块田地与一座果园的捐赠呼吁——正是这些不动产构成了现在的"谷仓中心"。我被她慷慨的回应感动，写信告诉她，我们将果园命名为"玛丽的果园"。那年早些时候，也就是1989年6月22日，在她九十岁生日的前一周，她写信对我说："我等待生活展开，并希望与之同行。"在生命的最后几年里，玛丽自始至终都在求索与追问人生的意义。

在给我的第一封信中，她写道："我很少看电视，不相信幻想；我不属于任何确立已久的教会，而且对我来说，要进行通常意义上的祷告和敬拜十分困难。我没有子女，沉默寡言，从1942年前后开始冥想。从那时起，我就深深地迷上了梦境解析，它们比以往任何时候都更有意义，而我对生活的热情也高于从前。

"1970年，我丈夫去世了。在接下来的两年里，两次精神崩溃让我痛苦不堪，但我也并没有希望它们从未发生过。虽然目前行动不便、近于残疾，并且独自生活，但我醉心于享受独处时光。许多年轻的和相对年轻的朋友都对我很好，还有一小群推崇荣格理论的朋友每周都会来这里聚会，我们相互交流，一起冥想。是的，确实，老男人与老太太都应成为探险家。目前，我正在探索'死亡'，这有时令人兴奋和激动，有时也让人深感哀伤，几近悲痛——而且令人恐惧！"

在其他信中，她继续分享她的冥想感悟："八年前，荣格学派的戈登·斯塔特博士接手了我的精神分析治疗。我们所做的工作是帮助我面对自己的阴暗面。毫无来由，我突然有了一个奇怪的念头。（告诉你还是不告诉你？）这'令我惊诧的'想法是，你就像我渴望但从未拥有过的那种母亲！你倾听我的人生故事，滋养了我，给了我倾诉的时间和意见。你是在帮助我成为现在的我吗？难怪我忍不住要哭了。

"我正在学着接受自己的弱点，不再去担心自己会失败。我知道，这是我需要改变的部分。我需要观察我对发生的事情的反应。如果反应是消极的，我就必须努力在思想、言语和行动上更加积极。我需要意识到自己并不孤单；周围到处都是治愈的力量。

"我对布莱德发、您的'关怀和艺术中心'，以及这些机构未来前途的兴趣与关心，算是我的一个远见。当你在信中提到'玛丽的果园'时，我十分震惊。这激起了我内心深处的波澜，我落泪了。

"我希望你能帮助我安详地死去，让我放手那个软弱与惊恐的自我。最好是能把那个'她'抱在我怀中，并给予关爱与呵护。在我的内心旅程中，我听到过这样的话：消弭于无形。"

玛丽对变老的接受和对死亡的准备是一个很好的例子，告诉我们随着年龄的增长，我们每个人应该做些什么。但我也想到，像之前皇家自由医院的吉斯·亨特告诉我的那样，如今有越来越多二十五岁左右的年轻人死于癌症，自杀率也在上升，并且年轻人居多。谁来帮助他们呢？

我深信，我们彼此了解，但我们都有各自的任务，有别的生活要过，有别的工作要做。

5月13日

下午两点到六点的午餐聚会非常成功！很幸运，阳光普照，所以大家得以三五成群地聚在花园里聊天。

5月14日

一切都回到了常态。但在中间房间、温室、前厅和走廊里，花瓶里争奇斗艳的芍药——略带浅浅的粉色，就像淡淡的腮红或红晕——和杜鹃花、尤加利叶子，似乎都在提醒你，这一切看上去是多么壮观，而这样的花儿又是多么令人愉悦的奢侈享受。

我去和朋友R喝茶。在她丈夫去世后的五年里，她一直无法摆脱绵延深重的丧亲之痛。然而，今天，尽管身体极为虚弱，她却有勇气说出内心的真实想法。在他们六十年的婚姻中，两人经常吵得不可开交，有一次，她甚至扑倒在地。那场景真的很有易卜生戏剧的色彩！但由于彼此相爱，这对夫妻坚持了下来。这就是为什么我希望我的《分享一生》能对亲密关系中的读者有指导意义，让他们明白在一段长期的关系中，彼此风雨同舟、携手历经人生的浮浮沉沉而不是尖叫着离婚是多么重要！

5月17日

济慈联合医疗发来一封电子邮件，说我昨天做的血液检查显示钾含量过高，会影响到肾脏，这也解释了我为什么有时会感到剧烈疼痛，近乎瘫痪，无法正常走路。然而，家里的电话坏了，所以我到街边拦了一辆黑色出租车[1]去门诊部。他们给了我一份新的血液检测表，我将在明天早上十一点来抽血检测。我在谷歌上搜索有关钾含量过高的信息，结果在禁忌食物里发现了一些我一直在大吃特吃的东西，比如每天二十根左右的小葱、饼干上涂的马麦酱，还有瓶装的伍斯特沙司！我打印出了这些信息，计划重新调整我的饮食习惯。

我根据西奥多拉·菲茨吉本的食谱做了些胡萝卜甜橙汤，还腌了几只鸡腿。

---

1 伦敦的黑色出租车（black cab），就像红色电话亭那样，是伦敦的城市名片，随叫随停。

5月18日

到外科门诊再验一次血。我读完了与奥斯卡影后伊丽莎白·泰勒同名的女作家伊丽莎白·泰勒所著的《花园派对》。她总是特意避免常规老套的结局，避免干净利落的终场。你会意识到，故事中的那些角色只是浑浑噩噩地过日子，得过且过。我订购了尼柯拉·波曼写的这位作家的传记《另一个伊丽莎白·泰勒》。

5月19日

安妮来给我上亚历山大理疗课。丹与一个常到汉普斯特德荒野散步的朋友顺道来访。我们坐在花园里喝茶，亲切地聊天。安妮说我只需要给花盆浇点水，这让我松了一口气——因为背部肾脏的位置非常疼。明天，鲁珀特参加完圣多米尼克教堂的弥撒后，将于九点半来吃早餐；午餐，我和房客将一起分享我预先做好的砂锅西梅炖猪肉。

5月20日

昨夜疼痛难忍，我打电话给鲁珀特取消了一起吃早餐的约定。在房客的劝告下，我拨打了急救电话，因为无论是走着、站着、坐着还是弯腰屈身（连坐进浴缸都办不到），疼痛都变得难以忍受。两位女医生到达后，给我做了全面的检查，血压、尿液等都没问题，所以不是肾脏的问题，而是我的右臀部出了状况。她们嘱咐我每天服用八片扑热息痛，之后她们会安排髋关节的X光检查。另外，明天我要去做第三次血检。按照房客的叮嘱，我还要继续多喝水——前几天看了针对引起疼痛症状的饮食禁忌列表后，我基本没怎么喝水。由于服用了扑热息痛，疼痛已经减轻了。啊呀！可算保住命了！我之前真的是痛得要瘫痪了，可够吓人的。

整理更多的旧文件。我发现了在遇到海威尔之前，我曾写的一段话，它几乎预言了《分享一生》的诞生：

"这次相遇从一开始就计划好了，是冥冥之中早已注定的。我们如今已永远联结在一起，彼此接纳。我们将成为人生的交叉路口，从那里，生命将我们引向其他人。虽然你还不认识我，但我早向你而去。我们坦率接受每个人内心潜藏的阴暗面。我们在黑暗中行走，但满身光明。"

正如我在《打开门打开窗》中描写我与海威尔第一次相遇时所写："两个人是如何在某一特定时刻出现在同一个地方的？如果错过了那一时刻，他们会一直是陌生人吗？"约翰·奥多诺霍在《永恒的回声》一书中写道："这里有一整片关于命运的秘密准备与人们流离遇合的区域，我们无法用理性分析或意识思维来领会。"也如海威尔常说的："我们注定要见面。"人们就是如此相识的，其他人际关系，包括我与房客的关系，也是如此。

思考上述内容时，我回想起了自己十六岁时发生的一件事。当时我是一名资深童子军，组织了一个大约有二十名童子军参加的夏令营，其中有两名来自法国巴黎，分别是十八岁的皮埃尔和我的同龄人弗朗索瓦，这两人都想成为牧师。我的钟形大帐篷里住了八个成员，晚上大家都睡在各自的睡袋里。第一天晚上，我用法语对旁边的弗朗索瓦说（因为他不会讲英文）："我可以拉着你的手睡觉吗？"他点头同意了。但在半夜，我悲惨的大叫声惊醒了整个营地的人。我当时跪在地上，哀号着，因为睡着后弗朗索瓦的手从我的手里滑了出去，在那一瞬间，我感受到了丧失亲人般的哀痛。那时，我并不能完全理解自己为什么会那样，但后来回想此事，我意识到，我的整个童年都被母亲的不安焦灼所支配，比如我不断地转学，一共读了十六所学校。我们在很多地方生活过，母亲就像吉卜赛人一样，喜欢四处搬家。结果是，少年的我从未能在一处地方扎根下来或结交到任何朋友。

奥多诺霍写道，对归属感的渴望是我们天性的核心。渴望伴侣也是我们的天性，在我们如今这个支离破碎的社会中更是如此。最近的一则新闻报道说，有相当多的人竟然在四十多岁时还没能建立亲密关系。另外，正如我之前所写的那样，有超过一半的首次婚姻在婚后第四年或第五年以离婚告终。

5月21日

到皇家自由医院做第三次血检，然后乘坐C11路巴士前往维特罗斯超市买鳕鱼柳和大比目鱼。房客打来电话问我情况如何，说他要到晚上十点才能回来。我打算用香草、黄油和白葡萄酒作配料，将大比目鱼包在锡箔纸里烤着吃，然后搭配沙拉。

5月22日

阳光灿烂，爱德华又来修整花园了。屋前的草坪上有一张松木书桌，是从房客的房间里搬出来的，正等着被心脏病基金会回收。为了让它免受雨淋，我们在上面铺了一块白色防水布，这让它看起来像一个祭坛。

下午一点四十分，我动身前往皇家自由医院去装一个二十四小时心电监护仪。今晚，我要为房客和自己做顿饭。

麦克·威廉姆斯刚刚来了，劝我不要买笔记本电脑，而是买一台合适的台式电脑，然后配一个大显示器，这样我的眼睛会舒服些之类的。

黄昏时分，我坐在花园里，看着风吹乱了树木的枝条，猛烈地摇动着每一片树叶。曾经，我和海威尔很喜欢在傍晚时分去树林里散步，听着准备过夜的鸟儿们扑棱棱地飞落到栖息处，热闹地叽喳乱语。丛林最上面的叶子是黄绿色的，晕染了落日的最后一缕光线，而下方的叶子则是深绿色的。就像在看脱衣舞表演一般，你可以瞥见每棵树的枝干和"四肢"。

5月23日

一会儿我要去皇家自由医院，归还心电监护仪。明天我将再进行一次血检，检测钾含量水平，然后下午四点去看雷迪亚医生；十二点半，鲁丝与尼古拉斯要来吃午饭。我提前准备了蔬菜，并将鸡肉馅饼从冰箱冷冻层取了出来。另外，还有胡萝卜甜橙汤——这道菜我打算不加热了，直接冷食。我预约了一辆出租车在今天早上十点带我去门诊部取验血表，然后再载我去皇家自由医院。真是忙碌的一天。

5月24日

按照西奥多拉·菲茨吉本的食谱做了胡萝卜甜橙汤，并在上面放了些许鲜奶油和切碎的香菜，真是一种美食享受。尼古拉斯带来一大瓶普罗塞克白葡萄酒。午饭前，我们在花园里喝了些酒。下午，我去看雷迪亚医生。我血液中的钾含量水平已恢复正常，但往后还是要忌口，严格遵循一份特殊的饮食清单。

5月25日

订购的电脑在八点零五分送达。麦克·威廉姆斯来帮我设置新电脑。他有着惊人的耐心，一定是位了不起的好老师。我需要一些时间来适应新电脑带来的各种变化。不过，麦克明天早上还会来。"勇敢地跳下去，接住你的网子将会出现。"[1]确实如此！明天，我将按西奥多拉·菲茨吉本的方法制作更多美味的番茄酸辣酱，还要为诺曼准备周日的晚餐。他昨晚打来电话说，新版《查令十字街84号》在达灵顿很受欢迎，反响极好。

5月26日

麦克·威廉姆斯再次上门帮我继续设置新电脑。

---

1 出自美国自然文学先驱约翰·巴勒斯（1837—1921），指应勇敢尝试新事物。

我把做好的番茄酸辣酱装瓶保存。西莉亚带着她为我买的白袜子顺道来访。夕阳西下，我们坐在花园里的藤架下惬意地聊着天。由于血液中钾的含量不稳定，我不能喝太多酒，但饮食列表上也说了，如果真想喝一点的话，可以喝金酒、威士忌或朗姆酒。我有几十年没喝过金汤力了，所以这三种酒，我每样都买了一瓶。然后，我把一份金酒倒进四倍的汤力水中，再加入冰块与柠檬。我一共喝了四杯，好像也没什么影响。但是，这酒的后劲太大了！我早早就上床睡觉了。这就与金酒永别！

5月27日

房客做了全套的爱尔兰式早餐，有培根、香肠、鸡蛋、黑布丁、煮白豆与油炸番茄。我坐在花园里冥想，直到天空开始有雨滴落下。不过，玫瑰都在争相盛放，包括伊斯帕罕玫瑰。

5月28日

失去的一天！啥也没干！

5月29日

早上九点，两个工人来拆除屋子正面的大凸肚窗和隔栅栏杆，然后全部更换为双层玻璃。他们一直工作到晚上七点。这天的大部分时间，我都用来读尼柯拉·波曼写的关于作家伊丽莎白·泰勒的传记。写得很好，令人印象深刻。波曼正在为我搜罗伊丽莎白·泰勒的作品，准备凑齐一套带给我。天空阴沉，一阵电闪雷鸣之后，天幕打开，大雨倾盆而下。

5月30日

这两个工人，一个是波兰人，另一个是爱沙尼亚人，做事非常细致、勤劳，而且又有礼貌。这是一次重大的改造，因此不免让人有点分神。不过，双层玻璃窗会让房客的房间发生非常大的变化。

5月31日

我又去做了一次血检，后来雷迪亚医生突然来找我，说心脏病专家雷希特医生认为，我过去一周头晕和站不稳的症状可能是服用雷米普利片造成的，建议我从明天开始改吃别的药。

在整理更多的文稿时，我偶然看到了下面的故事：九十五岁的安·鲍威尔在赫里福德郡金顿镇的乡村医院住院时，我每天都去看她，每次都逗留两个钟头，可谓"完全在场"。

> 在金顿的加斯护理养老院，我陪着安在她的房间里坐了两个小时。这些天她都仰面躺着，而且为了安全起见，床头靠背需要向上支起。

偶尔她会吃一个草莓或樱桃，或者喝点水，但不吃其他食物。她的第二个肾脏已衰竭，不再发挥作用，剩下的只是时间问题。医生与安的表妹伊芙琳·巴利达成了一致，同意在疼痛发作时给她注射吗啡。

我到达时，安已经睡着，但随后她睁开眼睛看到了我。我说我去外地了，离开了三天。"去了伦敦？"她问道，然后又闭上眼睛睡着了。我坐着，握着她的手，守护着她。这就是我能做的，在她身边。她的手和脸偶尔会颤抖，还发出了低语声和叹息。这让我想起了《李尔王》剧中的那句台词："人必须承受死亡之苦。"然后她沉入了更深的睡眠，她眉头的皱纹消失了，脸也变得平静了。但每隔一段时间，她就会短暂地睁开眼睛，然后闭上，仿佛因发现自己仍在这个世界上而倍感失望。外面的电话铃声不时响起，还有保洁员吸尘的声音、厨房工作人员的说话声，以及烹饪饭菜的味道。偶尔，她会睁大那双深蓝色的眼睛，对我微笑，然后再次闭上双眼。我觉得这是我的荣幸，能坐在这里守护着她，只需在场就行，无须任何言语。有一两次，她紧抓着我的手。然后，她突然按响了呼叫护士的铃，随后两名护士便出现了，处理她的排便问题。

死需要多久？我一直在思考这个问题。来时，我经过了一条走廊，发现其他房间的门总是敞开着。在其中一个房间里，有一位老人倚在椅子上，侧身蜷缩着，就像胎儿一样，沉沉地睡着了。每次来，我看到的情景都一样。而在另一个房间里，一个男人躺在床上，闭着眼睛，总是那样，几乎一动不动，但屋里的电视机是开着的。

我回想起我在执导剧作家迈克尔·弗莱恩的戏剧《时光漫长》期间，每天晚上都会去探望艾琳·丹斯，当时她已经八十九岁了。

她曾是弗兰克·本森爵士剧团的一名女演员，但有一次，她摔倒了，伤得非常严重，她知道自己再也没机会回家了，最终死在了皇家自由医院。

有次探访时，她对我说："我觉着，我快要结束一段漫长的旅程了。"我回答说："是吧，我想可能是这样。"

"我躺在这里，相当满足，也很平静，"她继续说，"医护人员来救助我，做各种各样的事情，给我提供药物和食物，但我觉得这是在浪费时间。没有必要，根本没有必要。"过了一会儿，她又说："我知道，当那一刻到来时，一切都非常简单。那时你也会出现。我会抬头看着你，然后闭上眼睛。"最终也确实是如此。她接着补充道："现在，那里什么都没有，也没有人。"她说得很简单，也很平淡。我回答说："是没有什么，但有一种伟大的爱环绕着你我，以及其他所有人。"

对此，她回应道："你比其他任何人都更能传达出这一点。你这种关于友谊的馈赠是从哪里来的呢？"

6月1日

我越来越觉得，智慧的源泉以及对我们生命方向的指引有可能都包含在潜意识中。我开始意识到，放手我在一生中扮演过的所有角色，只是活着，便是我年老时的任务——只要简单地活下去！

6月2日

刚从一场让我倍感沮丧的葬礼上回来——大部分环节都像糟糕的戏剧演出，比如致辞人声音低沉，还不知道如何使用麦克风，只有零星话语传出，而且有些用词是那么老派！

6月3日，星期日

丽莎在我们每月一次的冥想活动上发表了关于勇气意义的演讲。"courage"的中心词"cor"的意思是心，所以拥有勇气意味着打开我们的心扉，允许自己处于脆弱状态。

6月4日

由于换了药物，我出现了至今最严重的头晕症状，在刚过去的周六，我不得不打电话叫急诊医生。今天早上，我的家庭医生乔纳森打来电话，说他与心脏病专家雷希特医生交换了意见，我服用的药物还需要换。我已经停掉了医生开的新处方药，重新开始服用地高辛，虽然还没有完全摆脱困扰，但已经感觉好些了。

6月5日

新药已送达，我已经开始服用。此刻一切都很艰难，我只能咒骂无生命之物。我希望，周六诺曼开车带我去威尔士时，我的状态能好一点。

6月6日

我的感觉与其说是头晕，不如说是走路时胸口发紧，所以去购物是一个缓慢而令人疲惫不堪的过程。

6月7日

爱德华来修整草坪，并种了些美洲石竹和百合花。出行的日子已经很近了。

6月8日

我去做进一步的血检，然后开始为明天的旅程准备食物。一箱伊丽莎白·泰勒所有小说的平装本已送到，这是尼柯拉·波曼搜集并安排的。

6月9日

诺曼开车送我去威尔士。一共开了五个小时，在抵达皮勒斯橡树民宿后，我们受到了主人海瑟·胡德的热烈欢迎，并受邀到露台上一起喝茶；从露台望去，远处的丘陵上满是绵羊和小羊羔。晚上，我们和彼得·康拉迪在他那位于卡斯科布的高山住屋里一起用餐，那里可以俯瞰山谷，令人惊叹。长途旅行可把我累坏了，晚上睡得很沉。

6月10日

"皮勒斯橡树"是一家非常舒适的民宿,里面陈列着漂亮的瓷器、陶器与旧家具。早餐后,我们驱车前往布莱德发。人们已经在那边聚集起来,十一点,托尼·莫里斯带我进入谷仓中心大厅,我会在那里与观众进行交谈,他们可以问我任何问题。我从来没有这么紧张过!

最后,我敲响钝重的钟,请大家静默十分钟。静默之后,我引述了《哈姆雷特》中的一句台词:"无论我们怎样辛苦图谋,我们的结果却早已有一种冥冥中的力量把它布置好了。"然后,我又补充了一句:"每个生命,都有其模式与使命。"

我坐在门厅里的一张桌子旁,人们排队买我的书,并请我在书上签名。有这么多来自过去的面孔,真是令人感动,其中有一位我不认识的男士,他说他小时候生活在多拉西农场时,记得我路过那里时停下来的那个晚上,当时他正与自己的兄弟在喂刚出生的小羊羔。这个故事我在《蓝山记忆：拉德奈郡旅程》中讲过。

布莱德发中心看上去是那么淳朴，果园里的草，还有下方的田地，都打理得很平整。后面的"老一派画廊"正在举办令人印象深刻的艺术展。在稍作休息、喝了一碗汤后，我们启程返回伦敦，不巧遇上了交通繁忙时段，到处都很堵。五小时后，我们终于回到了家中。

6月11日

虽然现在服用的新药物消除了头晕症状，但我发现走路变困难了，心口发紧，臀部疼痛，大约每走十四米就得停下来歇一歇。眼下的我步履蹒跚，真像个昏聩老翁啊！

6月12日

啊呀，忙得不亦乐乎！汉普斯特德剧场的露西和阿米莉亚带着摄影师格雷厄姆连同他的全套摄影设备，来拍摄我关于汉普斯特德戏剧俱乐部早期岁月的感想。他们似乎对结果非常满意。这些素材是为了制作一部纪录片而搜集的，以配合明年9月剧院的六十周年纪念活动，在我之后的所有导演也都会接受采访。阿米莉亚·切里透露，安·哈维是她的祖母。由于安是依列娜·法吉恩[1]财产的管理人，阿米莉亚从小就知道依列娜的所有著作，并希望我能分享关于依列娜（她是汉普斯特德戏剧俱乐部的第一位赞助人）的那些回忆。我对依列娜给予的慷慨友情感激不尽，也正是她在读了我的一部小说的初稿后，把稿子推荐给了她在梅休恩出版公司的负责人，后来她还带我去见了那个人。那个出版人说稿子只有三万字，太短了，但如果我能

---

[1] 依列娜·法吉恩（Eleanor Farjeon，1881—1965），英国作家、诗人、剧作家。一生为孩子写作几十部作品，代表作有《万花筒》《小书房》。

扩写成常规的篇幅，他们会再认真考虑是否出版。

三四年后，改写完毕，我把稿子给依列娜试读。她不得不坦诚相告，说原稿中她欣赏的很多特质在改写过程中都消失了。这是一个有益的教训，让我意识到，虽然我可以写作，但我对写小说不在行，缺少悟性。后来她还告诉我，她为此下了多大的决心。她说："你就像我的儿子一样，我不想伤你的心，打击你的信心，但我别无选择，只能说实话。"时至今日，我依然感激能得到如此坦率的批评。

6月13日

我刚刚偶然看到多年前我从希尔达·沃恩的短篇小说《宽恕与安宁》中摘抄的片段（由故事中的切丽提·伊文思说出）："世界本身并无意义，先生。我们必须找出自己的一点点意义，我们每个人都要出力，就像合力做出一床拼布被子一样，我始终这么认为。"

6月14日

去皇家自由医院做按摩，回家路上顺便买了点东西。

《查令十字街84号》的巡演已经到了北约克郡的里士满。6月12日（周二）的《演出报道》说："在第一幕和第二幕结束时，观众们报以激动而热烈的掌声。剧终时，许多人起立欢呼，并给予了热烈的掌声。"

这部剧由斯蒂芬妮·鲍尔斯和克莱夫·弗朗西斯领衔主演。斯蒂芬妮对喜剧节奏与时机的把控非常出色，在剧中新年前夜的那个场景中，当她扮演的海伦发牢骚，抱怨约翰·邓恩的完整布道词竟不能在一本书里找齐时，总是能得到雷鸣般的掌声！这是我第一次缺席执导，毕竟岁月不饶人，年龄已让我吃不消了。我倒是挺欣慰不用再执导。但是，这场巡演最终能否成功，还有待观察。

6月15日

配了一副新的老花镜。除此之外，无其他事，安静的一天。

6月16日

我当前发布的这篇博文，引用了托尼·莫里斯的话，出自他关于佛陀的一本书：

> 在佛陀看来，真正的知识不能从"二手"的解释、天启、圣谕或抽象理论中获得，必须基于直接的个人经验。佛陀认为，固守某种观点是危险的，因为它很容易导致教条主义，进而引发争执与不和。
>
> 争论神的有无，全无裨益，因为没有人能证明神或上帝存在。我们能做的就是探讨自己的内心旅程，正如贝尔纳·费耶神父所说：

"宗教的美妙与可敬之处在于，它们也位于人类天才的最佳创造物之列。宗教的出现首先是由于人类意识到，作为人类，我们对自己的起源几乎一无所知，所以演变出了神话、仪式与各种符号象征，以此宣告我们拥有更多，而不仅仅是我们自身。"

写下这些的时候，我的两只耳朵里突然传来刺耳的鸣响，那种警报般的尖叫声重复了三次，停顿一下，接着一遍又一遍地响。我以为是助听器出了故障，便把两个接收器都拔了出来，但尖叫声仍在继续。我惊惶不已，于是给我的家庭医生乔纳森发了一封紧急求救邮件。伴随着如此刺耳的声音生活，谁能受得了？这要怎么活下去啊？然后，我突然想起，我之前放了一些蘑菇在平底锅里煎，一进厨房，果然就发现里面全是烟，原来是它触发了烟雾报警器！我确实有这个坏习惯：炉灶上煮着东西，而我人却在书桌前全神贯注地写东西，然后就忘了炉火！

6月17日

进一步思考我昨天写的内容，以及贝尔纳·费耶神父的话。很明显，如今千千万万的人已经脱离了他们成长于其中的基督教这一特殊形式。许多人正在探索更远的地方，以寻找成长的其他途径。

一次又一次，我被那些没有宗教信仰的人的纯粹善良所打动，他们的生活就像灯笼一样，照亮了周围的黑暗。

关于这种善良品质，最生动的例子也许是2001年9月11日冒着生命危险冲进纽约双子塔的消防员们。我记得马修·帕里斯在《泰晤士报》上撰文写道："时不时地，我们会遇到一些善良的人。这些人身上有一些非凡的特质。是什么呢？会不会是神性？我不禁自问。神性是对人类善良的解释吗？"他的答案非常清楚——"人类的善良，不需要解释。它是存在的，而且不仅限于虔诚的人身上。善良是人性，不是神性。我们不需要对人之善做外在的解释。"

在2003年大斋节的致辞中，教皇若望·保禄二世指出，这种善良是人性中固有的，他说："施惠于人的倾向，植根于人的内心深处。每个人都感知到了一种与他人互动的愿望，每个人都在给予他人的免费馈赠中得到了满足。"

因此，通过认知，即承认除了日常活动过程的更替，还存在其他一些更伟大的东西。

6月18日

去威格莫尔街的安湃声服务中心，让巴里·罗杰斯把我的助听器的音量调大了一些，因为尽管我能听清楚大多数人的声音，但听房客的话有些困难——他说话声音轻快，抑扬顿挫，而你又总不能一直问对方"你刚刚说了什么"吧？

6月20日

今天早上，关于大自然，我又长见识了。这次的收获来自我从未见过的一个人，但她关注了我的博客，我们经常通过电子邮件进行交流。她与丈夫一起打造了一座花园。"今年，花园总算成形了，除了各种植物，还有昆虫、鸟类、松鼠、刺猬、鼻涕虫、蜗牛和老鼠！不养宠物也有好处！前两天的一个晚上，在小凉亭前的池塘边，我们竟然发现一只刺猬在啃食一只黑鸟。可能是这鸟飞得太快，撞到窗子上，把脖子撞断了。不过，我们大可以研究一下刺猬的进食技巧。我们透过花园房观察了大约二十分钟，随着天色渐渐变暗，双筒望远镜也不能发挥作用了，于是我们蹑手蹑脚地走到位于刺猬下风口大约三英尺远的一个地方。如此近距离地观看，真是太棒了。除了两根大羽毛，鸟的身体连同所有小羽毛都被它有滋有味地吃进去了。之后，它向草地中的我们走来，还不时在草上仔细地蹭嘴和鼻子，就像人类用餐巾纸擦嘴一样。这只小东西在我脚上蹭来蹭去，过了好一会儿，才穿过草地边缘的灌木丛和树篱，朝邻居家走去。有它赏光，我们何其荣幸啊！"

6月21日

爱德华来打理花园。

6月22日

忙着为莱伊古城之行收拾行李。

6月23日，星期六

房客从花园里剪了一条开着几朵美丽白玫瑰的花枝，然后把它插到了我书桌上的一个细高花瓶里。这一举动说明了一切。

明天，克里斯将开车载着房客和我去莱伊。我们将入住事先预订的一栋乡村别墅。

6月24日，星期日

　　与房客、克里斯一起去莱伊。克里斯负责开车，房客坐在副驾位置。跟他们在一起时，就仿佛到了《莫堪比和怀斯秀》[1]的演播现场。其中一人会开始用拿腔捏调的声音说话，另一人则即兴回应，对话有点插科打诨的意思。或者房客先开始唱一首流行歌，然后克里斯接唱下去，要么就是两人的顺序颠倒过来。我意识到自己很少闲聊或开玩笑，但现在要改变，为时已晚。"紫藤小屋"是一栋护墙板被刷成了白色的建筑，坐落在被高大树木和树篱包围的狭窄小巷一侧。到达后，我立马下车去小便，但在卫生间里，我踏空了，结果重重地摔了一跤，前额撞在了地砖上。这一摔，我很有可能会头骨碎裂，脑袋开瓢！但幸好只是臀部

1　《莫堪比和怀斯秀》(*Morecambe and Wise*)，英国 20 世纪 80 年代的喜剧综艺节目。

擦伤。尽管如此，还是把我吓坏了。在接下来的几天里，我一直处于惊恐的状态。克里斯给我买了一根拐杖。

小屋的墙上爬满了紫藤和甜豌豆。前门旁边有一个小露台，放着四把木椅，我们的每一餐都是在那里吃的。这房子让人一下子想起了皮克曾居住的哈彭登谷仓，我在自己的回忆录中对它有过描述。

6月25日

开车前往坎博金沙滩。海水向远处延展，很浅，不适合游泳。白色的沙子像粉末一样，我不敢冒险在上面走。不过，克里斯和房客去玩水了。人们三五成群地在沙滩上野餐，海鸥则气势汹汹地盘旋在人们头顶上方。晚上，我们在电视上看电影《神秘河》，但演员们的波士顿口音太重了，我一个字都听不懂。

6月26日

前天跌倒造成的冲击，让我没法站稳。我们开车去了大迪克斯特花园。晚上看的电影是《神父有难》，但演员浓重的爱尔兰口音意味着这部影片我也听不懂！

6月27日

开车去莱伊古城与诺曼会面。见面的地点曾经是一座修道院，现在是一家展示大件古董的美术馆，比如里面有一张直径达十四英尺的圆桌。每件展品的尺寸都很大，价值数千英镑。美术馆的主理人周游世界，参观古堡，为那些拥有广厦千万间的富人收集古董。

6月28日

我们开车去了西辛赫斯特城堡，这座庄园在很多方面比大迪克斯特花园更胜一筹——一系列的花园和房间打理得更好。但话又说回来了，这处历史遗产由英国国家信托机构管理和维护，所以能雇得起更多花匠，建筑本身也比大迪克斯特花园更壮观、更宏伟。晚上，克里斯放的是《肖申克的救赎》。我无法分辨美国口音，虽然再一次听不清对话内容，但演员们高质量的演技打动了我，尤其是摩根·弗里曼的表演。

6月29日

开车返回伦敦，车上满载着来自大迪克斯特花园与西辛赫斯特城堡的植物。

6月30日

受此前跌倒的影响，周末时，我的四肢仍然抖得厉害。房客担心我可能会脱水，所以他给我买了药，并坚持让我打电话请医生出诊。医生来了，但查不出我有什么问题。我确信，这一定是惊吓引起的。

2018 年　　　　　　　　　　　　　　　**7 月**

7 月 1 日

今天，是本月的第一个周日，也是我们冥想小组的聚会日，这次轮到我发言了。

7 月 2 日，星期一

热浪滚滚，不可抵御。我试着静养休息，补充了很多水分。

7月4日，星期三

去剪了头发。右手突然急性痛风发作，所以我不能给它施加任何重量，或者说因为无法受力，右手根本用不了。

7月5日，星期四

乔纳森打来电话，告诉我痛风应服什么药。我意识到，这是我喝红酒造成的——我得记住教训！

7月6日，星期五

右手的疼痛眼下已消失。但天气燥热，真让人吃不消。我去眼镜店"眼睛领地"测试新的老花镜，然后回来为周日的午餐做准备！

7月7日，星期六

酷暑难当，没心情写东西。安妮来给我上亚历山大理疗课，之后我花了很多时间在厨房准备明天的午餐。这一天，原本是海威尔的生日，但不巧也是他去世的日子。周一将在马里波恩大街的敦特书店举办新书发布会，阵势还不小，预计约有六十人参加。

7月8日，星期日

持续高温，酷热的一天。诺曼、卡尔和乔纳森来了，连同房客，我们一起坐在花园里喝香槟。不过演员理查德·威尔逊怎么还不来？最后我给他打了电话，他回答道："哎呀，是今天吗？对对对，我马上就来！"真是一顿热闹的午餐。在某个时刻，理查德举起酒杯，我们一起为海威尔庆祝他的八十二岁冥诞！房客帮了大忙，午餐会的一切都变得简单了。

我练习了一下明天发布会上要说的内容。

7月9日，星期一

晚上的活动取得了巨大成功。斯蒂芬妮·鲍尔斯看起来又年轻又美丽，简直令人神魂颠倒。她就要去肯尼亚了。她热情地拥抱了我。克莱夫·弗朗西斯和罗西·托马斯也来了。我认为《查令十字街84号》的这个班底很可能有机会去纽约演出。到场的戏剧界朋友有莫琳·利普曼、鲁拉·伦斯卡、伊莎贝尔·埃米亚斯、杰西卡·巴恩斯、丹·唐纳德·霍沃斯、彼得·艾尔、维吉妮娅·艾恩塞德和露丝·帕维等。托尼·莫里斯与我走到马里波恩敦特书店长长的阳台上——有点像教皇出现在圣彼得大教堂的阳台上，尤其是因为我穿了一身白衣。托尼发表了精彩的演讲，然后轮到我发言。在感谢了各界友人之后，我说道："这个故事始于1958年一个周六的晚上。那时我三十一岁，突然一阵空虚感袭来，于是我就去了汉普斯特德当地的酒吧。当时二十二岁的海威尔·琼斯刚到伦敦不久，那天晚上，他也光顾了那间酒吧。如果不是那次巧合，我们也许永远不会相遇。

　　"海威尔有一种顽皮捣蛋鬼的幽默感，这遮掩了他性格更深处的严肃本质。在《萝西与苹果酒》中，海威尔扮演年轻时的洛瑞·李，当时的剧团经理迈克尔·科德隆总是叫海威尔'小精灵'。初到伦敦时，海威尔在他表姐伊迪负责管理的一栋公寓楼里担任电话接线员，作为回报，他得到了一个房间。一切都很顺利，直到有一天电话铃声响起。海威尔当时正在玩儿，带着顽皮的语气接起电话，说：'这里是白金汉宫。女王陛下啊，她恐怕正在外面擦窗户呢。'来电的女士并未被逗乐，她是公寓的主人。所以他的这份差事就丢了，转而被派去给地毯吸尘。这份工作一开始也很顺利。直到有一天，他上班期间享受了漫长的咖啡休息时间，并让吸尘器一直空转着，等他回来时，发现机器把地毯烧出了一个洞！

　　"他喜欢讲故事。通常，我在厨房准备食物时，海威尔会在餐厅招待客人，我经常能听到那边传来阵阵的大笑声。他最喜欢的故事之一是著名的文学经纪人大卫·海厄姆的妻子海伦·海厄姆给他讲的。

"海伦过去每周都来跟海威尔学习亚历山大肢体训练技巧，海威尔在这方面非常有天赋，堪称高手。每年，大卫·海厄姆都会在其位于汉普斯特德的大房子里为圈内的一些尊贵客人（比如伊迪丝·西特韦尔）举办一场聚会。就在这个特别的场合，下午五点，前门的门铃响了，九岁的小马修·海厄姆跑去开门——是伊迪丝夫人的司机来接她了。马修跑回大厅，对着端坐在大厅中央的焦点人物伊迪丝大喊道：'伊迪丝夫人，你现在得走了哦！'她吸了一口气，然后看看马修回答道：'马修，下次我举办晚会，你一定要来。必须得来哦，因为派对上会有很多来客，我需要你对他们也这么说！'

"谢谢各位的到来，希望大家喜欢这本书，并推荐给更多人！"

在发布会上，莫琳·利普曼让我想起了我在看完她编排的一场女性独幕剧后，曾给她提了宝贵的意见。我说，那场表演太满了，一直往前推进，主人公从未有过片刻的沉默……接着我又回想起了女星玛琳·黛德丽在伦敦西区剧院演出的独幕剧，那真是个神奇的时刻。接近尾声时，她静静地站着，哼唱般地自言自语，管弦乐队在她身后轻轻地演奏着，就仿佛她的最后一位客人已离去，现在只剩我们和她在一起。那真是令人难忘。"那个意见，"莫琳说，"是最宝贵的！"

我还想起罗伯特·埃迪森在《麦克白》中突然爆发的那段独白。在那个场景中，他扮演的麦克白在听到妻子去世的消息后，说："明天，明天，再一个明天，一天接着一天，蹑步前行。"然后，他以极快的速度说："这是愚人所讲的故事，满是喧哗与骚动，却……"接着，他颓然停了下来。那一刻，所有人都屏住了呼吸，真是令人惊心动魄的表演。麦克白仿佛正凝视那道突然冒出的沉默的深渊，一种深深的凄凉之感。然后，他说出了最后一个词："毫无意义！"

伟大的钢琴家克利福德·柯曾[1]声称，在"音符之间的空隙"，我们能发现表演者的全部艺术天赋。德彪西也曾说："音乐是音符之间的空白间隙。"教过柯曾的另一位杰出的钢琴家阿图尔·施纳贝尔[2]则评论说："我处理音符的能力并不比其他钢琴家好。但音符之间的停顿，啊，那才是真正的艺术所在！"

我在执导休·怀特莫尔的《最好的朋友》[3]时，主演吉尔古德也有如此表现。在这部戏的最后，他扮演的西德尼·科克雷尔爵士说："死亡天使看似跟我擦肩而过了吧。"然后，他稍稍停顿了一会儿，眨了眨眼，补充道："天晓得呢，我今夜说不定就会死！"随后幕布缓缓落下。

当然，这是修辞艺术，丘吉尔也许是英国政坛中

1　克利福德·柯曾（Clifford Curzon，1907—1982），英国著名的钢琴家，1977年被授予爵位。

2　阿图尔·施纳贝尔（Artur Schnabel，1882—1951），奥地利著名钢琴家、作曲家、音乐教育家。

3　《最好的朋友》（*The Best of Friends*），是怀特莫尔根据萧伯纳与劳伦西娅·麦克拉伦修女及科克雷尔爵士的友谊，以及他们之间的书信往来改编的。

长于此道的最后一个代表人物。我想起了埃斯米·珀西，他师从法国舞台巨星莎拉·伯恩哈特，并成为演绎萧伯纳戏剧的头牌名角，他曾告诉我他是如何处理《人与超人》第三幕《地狱中的唐璜》中的大段台词的。"这事儿的要点在于，"他说，"逐步将念白推向高潮，然后，在诸如'但是、如果、或'之类的连接词上停顿，接着再向下一个情节推进。"关于舞台表演，这一见解十分精彩。

7月10日

去皇家自由医院给甲状腺拍 X 光片，然后回家享受安静的一天!

7月11日

彼得·德·B 来喝咖啡，我们聊了很久。他想租一座废弃的教堂，用来住并负责维护墓地，所以我给罗恩·威廉姆斯发了封电子邮件，询问是否有管理废弃教堂的机构，可供彼得去联系。

7月12日

上午去皇家自由医院装一台二十四小时心电监护仪；下午去麦克米伦癌症中心见甲状腺专科医生。他用一个微型摄像头穿过我的鼻腔，向下探入喉咙进行检查，一切都好，但他建议8月时，需要对我的舌下方部位进行核磁共振扫描。

7月13日

爱德华来打理花园。我把监护仪还回了皇家自由医院。下午，卡尔·米勒来解决我的新电脑的问题。他极为耐心。我为海威尔的妹妹梅尔与她丈夫沃尔特准备了一些小点心，他们约了傍晚六点来这里喝点东西。沃尔特看到一本关于老子语录的书，说想翻看一下。他很喜欢这本书，我说可以借给他看看。

7月15日

我很高兴能看到，即使如今已老迈，我仍在学习；当然，也在遗忘！一个人要获得新的成长，就不得不甩掉旧的东西，由此蜕变。每个生命都有其独一无二的运作模式和使命，这就是"追寻自我命运"的含义。在安静的冥想练习中，我们能感知并领悟到新的可能性。

在我的一生中，有一段时间，我马不停蹄地工作：在伦敦西区剧场连续出品了两部戏剧，组织了一场巡演，每周撰写一篇专栏文章，写书评，教学，还要负责运营布莱德发中心。我当时完全是应接不暇，筋疲力尽！就在那时，海威尔轻声地说："答案就在你自己身上。"那时我停止了冥想！所以后来我又回归了冥想，那带来了新的能量，而且最重要的是，让我有了新的成长。

7月16日

热得要命!

7月17日

艾伦·沃尔特让人送来了鲜花，花儿色彩明丽，如孔雀的羽翼。

7月20日

去皇家自由医院。罗比·雷希特医生告诉我，我的心脏状况良好，这次他们给我用对了药。他还建议，我每天只需服用两片地高辛，还要减少左甲状腺素钠的剂量。

7月21日

早早就去麦克米伦癌症中心对我的喉咙进行核磁

共振扫描。全身被绑得紧紧的，然后滑入检验舱。检查时间约有四十五分钟，我不得不忍受那吵闹的流行乐——扫描过程中的噪声！机器偶尔发出沉重的砰砰声，听起来就像一个巨型食人魔正在推倒并拆毁房子！回家吃完午餐后，我在花园里招待我的长期经纪人兼朋友潘妮·维森，还有吉尔·特罗伊哈特。为了厘清海威尔与我的财务问题，吉尔协助我做了很多工作。晚上，我感到疲惫不堪，早早就休息了。房客太好心了，洗了所有的餐具。

7月22日

炎夏高温仍在持续，我做了三罐番茄酸辣酱，还是依照西奥多拉·菲茨吉本的食谱。

房客负责清洗并烘干我们的衣物，我每天则负责清理炉灶上面的种种残渣碎屑与污渍，擦干净大理石台面，并冲洗干净还留有食物残渣的盘子——这明显有助于减少果蝇的数量，今年夏天我们已经大受其困扰！一旦看到它们停留在浴室的白色大理石瓷砖上，我就会拿苍蝇拍去击杀它们，这是很容易捕杀的目标——只要它们还没醒悟过来。此外还有逍遥闲逛的狐狸、流浪猫、松鼠及无尽的蜗牛，你不得不每天都处于战斗状态！新闻里说吵闹的海鸥会俯冲攻击推车上的婴儿，最近还有只狐狸从开着的窗子溜进来，咬伤了正在床上睡觉的一个女人的脸！

7月23日

气温更高了，并且本周剩余几天都是如此！

7月24日

简直跟生活在烤箱里一样。别的什么都不想，我只想躺在床上等着这波热浪过去，但是，假如这热浪不退呢？显然，整体的气候都在变化，而不仅仅是政治气候的改变。这难道就是叶芝笔下那只奔向伯利恒投生的恶兽？正如他所写："万物分崩离析；中心难以维系。"

7月25日

房客要离开两天，参加他兄弟的婚礼。今天更热，所以他叮嘱我无论如何都不要出去。他给我买了两天的食物和水，这样我就不用冒险外出了。他对我如此关心，令人感动。

7月26日

今日天气炎热，甚至更为暴虐。

7月27日

右肩非常痛，图希来帮我按摩。她昨晚也来了，跟我讨论了她的某些个人问题。我们坐在花园里，喝了普罗塞克白葡萄酒。她还带来一份沙拉，主料有梨子、洛克福羊乳干酪和菊苣。今晚，我和房客将分享这道沙拉，正好配上我从玛莎百货买的烤鸡。如果克里斯来的话，我们三人也可以一起享用这顿晚餐。

7月28日

我一边啜饮咖啡，一边回想起弗吉尼亚·伍尔夫关于她去多切斯特拜访哈代的描述，她说哈代那时已是"在有生之年完成自己全部作品的人"。我想，这个说法同样能描述我现在的状态，不过眼下这本书除外。这是充实而丰富的一生，我一直在探索，而且最重要的是，我也在不断学习。因此，当那一刻最终到来时，我会准备就绪，安静地离去。我不怕死，那只是"人之存在"这本书的最后一个章节。约翰·邓恩对此有过令人激赏的描述：

全体人类就是一本书。一个人死亡时，

并不是有一章被从书中撕去，而是被翻译成一种更好的语言，每一章都是如此……有些篇章是按年龄翻译，有些是按疾病翻译，有些是按战争翻译，有些是按正义翻译，并且把我们这些所有散落的单页重新装订起来，放入那座图书馆，在那里，每一本书都会向另一本展开。

7月29日

统计数据显示，如今的离婚率更高。我意识到，这样的结果通常是由双方个性的差异，而且彼此都不愿灵活变通造成的。可是，任何成功关系的艺术都在于承认并接受这些差异。

7月30日

奇怪的是，一些记忆突然从脑海中浮现。这次是关于女演员丽兹·弗雷泽的，她出演了《继续》系列的多部电影。我当时正在执导迈克尔·弗莱恩的《时光漫长》，她也参与了这部剧。她那时为撒玛利亚救援会工作，负责接听咨询和求助电话。她当时正准备参演一部新剧，因此那天也成了她在该救援会效力的最后一个晚上。其间，一位女士打进电话，说她丈夫每周一外出工作，周五才回家，却与一个裸体主义者有了私情，她该怎么办？"撒玛利亚救援会有个严格的规定，"丽兹回答说，"就是你绝对不能开玩笑，但出于某种不可解释的原因，我听到自己对她说：'您丈夫这周五回来时，你就一丝不挂地去开门迎接他！'"丽兹随后就投入新剧的排练，某天却接到撒玛利亚救援会的来电，说一周后那位女士又打来电话，问她接下来该怎么做。最终，丽兹被撒玛利亚解雇了！

今天早上，我带着一摞《分享一生》，乘坐小型出租车去"基世言语"书店，与经理吉米·麦克斯威尼在他的袖珍办公室里小坐叙旧。我们谈到了他在爱尔兰科克的兄弟杰拉尔德，他是我住在科克时的一个非常棒的好友。我记得有一天晚上，他来我的住处闲谈，大约在夜里十一点，他口袋里突然传出一阵刺耳的铃声。接着他从口袋里掏出一个老式的闹钟，然后咧嘴一笑，关掉了它，说："晚上十一点半，是我出生的时间！"

他是那种我觉得一见如故的人。在爱尔兰的巴里威廉时，晚上我们经常会坐在高处的露台上，裹着毯子，看着落日。我们似乎有说不完的话。他懂得欣赏世间万物，宁静的气息在他周围环绕。与他谈话，总是充满惊喜，正如他自己打造的那座花园，有狭窄的梯田与弯弯曲曲的小径，从一处凉亭通往另一处凉亭；当你顺着小山坡往上爬时，河口处的景观会变得越来越开阔；你还会在灌木丛中发现小雕像，或者看到他从某个教堂拿回来的上面写着"跪下祈祷"的指示牌，或者是一张长凳，似乎在向你发出坐下来欣赏风景的无声邀请；直至最后，你将到达最高处。在那处平台，也就是他家屋顶的上方，他修建了一座八角形观景台。

他告诉我，当地有个人物叫埃德丽安，个性鲜明，那时已经很老了。这人走进他位于科克的二手书店，冲他嚷道："我想你知道迪克死了！"

"是的。"

"你没来参加葬礼！"

"是的，没。"

"嗯——哼！我猜，你是怕来了要破费吧？"

"不是，我担心如果我去了，你会以为我在打他藏书的主意！"

"这样说确实也很对！明天一起午餐，怎样？我已经卖掉了他的金牙。至少，他还有点用处！"

还有另一个故事，说杰拉尔德曾有一次到埃德丽安家吃午饭，当时埃德丽安还邀请了两位女性朋友，但她们迷路，迟到了。当她们终于出现时，女主人说："你们迟到了！尿尿就去那边，吃饭就来这边！"餐后咖啡结束后，她拿起托盘，说："好吧，你们现在可以走了！"

7月31日

爱尔兰人的个性如此有趣，所以那里能持续出现这么多作家也就不足为奇了——写作素材就在手边嘛！作为莫莉·基恩的朋友，我们认识了她周围的很多人，包括她的朋友赫德·哈特菲尔德，这位美国演员长期定居爱尔兰，他之所以为众人所知，大概是因为主演了根据奥斯卡·王尔德的著作《道连·格雷的画像》改编的同名电影。每年夏天，他的好友玛吉·威廉斯都会从美国来探望他。在莫莉的引荐下，我们认识了他。有一天，他邀请我和海威尔共进晚餐。我们磕磕绊绊地穿过杂草丛生的灌木丛，来到前门，敲了敲门。突然，赫德打开了门，我们被领进一个宽敞的大厅，地上铺着白色的石头，被烛光照得闪闪发亮。

玛吉从旁边一间烛光摇曳的小会客室里走出来，身着一件羊毛针织长裙，高挑而优雅，并向我们伸出一只戴着戒指的手。整个地方就像一幕电影场景，每个房间都有火焰在燃烧，或者说一开始看起来差不多是这样。直至我们意识到，其实每个壁炉里的燃料只是些揉皱的报纸，赫德一边向前走，一边将擦着的火柴扔进去，所以当我们进入每个房间时，壁炉里面都有火苗在闪烁！他领着我们参观了一圈，包括楼下的房间，玛吉还给我们拍了照片，以作留念。然后，赫德消失在了一条黑暗的走廊里，为我们准备下一幕场景。当我们进入厨房，准备在餐桌旁用餐时，他特意调暗了房间里的灯光，让人感觉仿佛走入了伦勃朗的某幅画作。你只能大致瞥见头顶上方的几根横梁和百叶窗台上的几盆天竺葵，房间的远端有一个巨大的壁炉，里面仅有一根原木在燃烧。就像在一幅荷兰油画中，烛光聚焦在前景里：一张摆放着精美瓷器的餐桌、一只碗状花瓶里插着粉红色玫瑰，以及一件很大的白色瓷器架，架子上还放着一棵淡紫色的卷心菜与一棵白色的花椰菜作为装饰。餐桌边的谈话温和而幽默，满是趣闻。赫德与玛吉都扮演着完美的主人角色。我则是一贯的配角、倾听者，能够欣赏他人所说的许多内容，也了解他们谈及的那些人物，比如田纳西·威廉斯。

晚餐后，他带我们到楼上转了转。他所有的过去都陈列在那里，摆在玻璃柜里；墙上挂着他曾参演的各种戏剧和电影的海报，还有他与某位明星或名流的合影。我们被领进他的浴室参观，那里很像维多利亚时代某位演员的化妆间。浴缸上方是木制的老式百叶窗，窗台的一头，还放着一顶他在某部剧中戴过的沉重的王冠道具。楼道里的转向平台很像加里克俱乐部，墙上还挂着亨利·欧文、田纳西·威廉斯等人的肖像。整个房子，部分像舞台布景，部分像赫德微缩职业生涯的遗产巡礼：从他尊敬的老师迈克尔·契诃夫到其扮演的道连·格雷以及拜伦勋爵（在田纳西·威廉斯的《皇家大道》百老汇原版中，他一人分饰两角，既是拜伦又是堂吉诃德），再到他近期出演的关于惠斯勒的独幕剧的演出剧照（该剧是玛吉专门为他而写）——他刚刚赴俄罗斯演出完，就在斯坦尼斯拉夫斯基本人家中表演！

赫德讲述了由尼尔·巴特莱特改编并制作的《道连·格雷的肖像》在伦敦哈默史密斯剧院的首演之夜，

他和玛吉出场时的情形。他们进入礼堂时，就像皇室成员到访一样，全体观众竟都站了起来——赫德当时很得意！然而，玛吉在一旁咬牙切齿地提醒赫德："你个傻瓜，这不是欢迎我们，是女王来了！"

赫德就像自带气氛调节器的普洛斯彼罗[1]，他创建了一个以他自己为主题的博物馆。另一方面，他又不介意自嘲，比如他讲述的上次在伦敦给约翰·吉尔古德打电话时的遭遇。

"我打通了约翰的电话，但是我这边刚说出'我是赫德'，那头就回应道：'哦，不会吧！'立马就挂断了！"

你可以说他自恋，以自我为中心，但与此同时，他又有一种令人动容的脆弱和魅力。我想（但不确定），是不是因为他是个美男子，所以英俊的面容取代了事业，致使他的演艺生涯未能取得应有的成就？他身上

---

1 普洛斯彼罗，莎士比亚戏剧《暴风雨》中的人物，他是意大利北部米兰城邦的公爵，他的弟弟安东尼奥野心勃勃，利用那不勒斯国王阿隆索的帮助，篡夺了公爵的宝座。普洛斯彼罗和他那三岁的小公主历尽艰险漂流到一座岛上，他用魔法把岛上的精灵和妖怪治得服服帖帖。

有一种非常爱德华·阿尔比式的东西。过去，他还会把来客带到楼上卧室，打开一个大衣柜，向客人展示每次他首演，他母亲到场观看时所穿的晚礼服。

2018 年   # 8 月

8月1日

昨晚，我又做了更多苹果酱，但是我把房客那口长柄大煮锅的底部给烧焦了。这次还是依照西奥多拉·菲茨吉本的食谱，正如她建议的那样，我加了一些玉米粉，使酱更浓稠了。"紧盯的锅烧不开"这一说法固然成立，但在我这次的体验中，是"不紧盯的锅会煳"。我使劲地擦啊擦，但只能擦掉一半烧焦的黑斑，所以我留了张字条给房客，上面写着"是我的责任，我会买一口新的长柄锅"。但房客说没关系，他会清理的。他还真做到了！屋檐下的"内部战线"恢复正常，我大大松了一口气。

现在是晚上，我正在享用威士忌，小食是在梅尔巴脆吐司上放一点意大利蓝纹奶酪。一不小心，一片吐司从桌上掉了下去，我惊呼道："哦，见鬼，真该死！"我发现自己经常失手弄掉东西，这一定与高龄有关。由此可见，哪怕经过这么多年的冥想练习，我仍然会情绪失控爆粗口。但这样的间歇性发作，片刻之内就能全部结束。

8月2日

没什么值得一说的。我吃力地填写"老年重疾医疗表"，那些表格把我吓坏了。房客告诉我我填错了，我不得不从头再来。高温还在持续。

8月3日

收到彼得·杜克斯的来信。他的母亲马尼娅是汉普斯特德剧场早期的志愿者之一，当时在没有任何资助的情况下，我们跌跌撞撞地摸索，从一次资金危机走向下一次危机。这些志愿者被人们称作"汉普斯特德剧场之友"，他们完全是自愿劳动的，充当节目推销员，在售票处做助手，每月帮着往邮寄信封里装演出用的宣传资料。马尼娅·杜克斯主要负责管理剧场的咖啡吧。彼得毕业于法律专业，现在应该有七十多岁了。他出版了一本书，书名叫《被排除的替代选项的谬误》，我此前订购了一本。

去吉斯·亨特那里进行每周一次的例行按摩。他带着妻子、两个女儿和女儿们的三个孩子在迪士尼乐园玩了一周，刚刚回来。我说："照这个阵势，你现在还没资格退休！"

8月4日

虽然我对人很有耐心，但在老年期，我确实多次发现自己对很多事情变得不耐烦了。例如昨夜，床单又一次缠住我的腿时，我脱口而出："你是有什么毛病吗？为什么这么冥顽不化？""冥顽"，这是从哪里冒出来的词？我可不记得此前用过这词。

8月5日，星期日

我们的冥想日，鲁丝将做一个简短的演讲。我收到一位朋友发来的电子邮件，她说自己已经停止冥想了，因为担心在其中找不到任何东西，只有虚空。我对此进行了反思，然后回复说，她的这一误区也许在于冥想者还是期望某样东西或某个人能显露出来。

佛陀关于正念的教导很简单，只是去聆听、静思，温和地摆脱过往的念想与情绪。仅仅存在着。当然，说起来容易做起来难。但如果一个人坚持不懈，冥想就能使人充实。

我刚刚翻到了我在巴里威廉期间写的一篇日记，描述了我在爱尔兰的家中度过的一天。当时，整夜都在下雨，风灌进烟囱，发出咆哮，接着咆哮声在房子周围飞驰，震荡着四周的丛林和灌木，水雾则笼罩着灰色的大海。我看着彼得·尤金·鲍尔创作的圣帕特里克雕像，它就立在我的工作室的松木橱柜上。圣像一只手拿着木棍，另一只手拿着两个牛铃，身体微微前倾，那深陷的双眼，让他看起来像是在估量这场风暴有多剧烈。看着爱尔兰的这位主保圣人，我陷入了沉思。有时，你必须出发，用手杖敲响钟声，穿过迷雾和未知的秘密之地，栉风沐雨，经受洗礼；而在别的时候，你必须等待风暴减弱，然后再出发。

我的人生是如此奇妙，如此多彩，拥有如此多的分支，但我取得的成就是什么呢？成就是唯一的目标吗？就我自己而言，成就不在于我导演的戏剧，不在于我写的书，也不在于创立汉普斯特德剧场与布莱德发信托基金会，而在于我生命的丰富性，并且最首要的是，在于我与海威尔关系的强度和深度。我的回忆录出版时，在一次宣传活动中，有人问我："罗斯–埃文斯先生，在您的众多成就中，您最看重哪一项？"我毫不迟疑地回答，最看重我与海威尔·琼斯之间（当时已达）五十二年的关系。这个回答在观众中引发了热烈的掌声。爱和友谊，一直是我生命的核心。

8月6日

我经常玩味我卧室里挂的那两幅水墨画，它们是一位旅居美国的中国艺术家送给我的。其中一幅画的是一个和尚，手执藤杖，正穿过一团浓雾，一片未知的云。另一幅上面画的也是僧人，盘腿静坐在悬崖边，凝视着下方的虚空，那里迷雾缭绕，充满奥秘。行路有时，静止亦有时。

8月7日

《分享一生》在敦特书店卖得很不错，他们需要补货。我按要求带去了更多新书，并顺便买了本约翰·伯恩最新出版的小说。但此刻，我完全沉浸在菲利普·普尔曼的新作之中，那本书让人拿起就放不下了。普尔曼是讲故事高手，技艺精湛，驾轻就熟。

8月8日

天气凉爽了许多。我看完了普尔曼的那本新作，现在开始读一本可怕的惊悚小说——奥斯丁·怀特的《夜行动物》，是房客推荐的。真让人毛骨悚然啊！

8月9日

人们时不时地会有这样的经历：醒来时，清晰地记得某个完整的梦，而且每个细节都记得。这种情况发生时，把梦写下来很重要。因为这样的梦传达了重要的信息。我一生中有过几次这样的经历，但最近的一次是如此强烈，醒来时，我立即闭上眼睛，以便重新回到梦中，沉浸在无声、静止的氛围中。

在梦里，我和女演员简·拉波泰尔一起走在一个乡村小镇的主街上。关于此梦境的朦胧印象是，我们来自一个极其寂静的地方。时间是清晨，周围没有其他任何人。万籁俱寂。我们来到街道的拐角，在那里，我看到了一座12世纪的天主教堂，如今已成为贵格会会堂。门上有一个木制的圆形把手，形状像一朵花。我向简暗示（没说一个字），我们应该进入会堂敬拜，但简则示意，我们应继续向前，待在外面。

在街道的尽头，对面一侧，我看到一道拱门，通向牛津大学的某个学院，我想带简去转转，向她介绍一下这座古老的学校。但这时，她将头贴在了一堵墙上，专注地聆听着寂静。我意识到，我也应该这样做。空气中有一种清新的气息，预示着酷热的一天即将来临。寂静是如此强烈，空气是如此纯净。

这就是那个梦的内容，我从中了解到很多东西，但我对那个古老的学习场所的细节尤其感兴趣，对简·拉波泰尔的行为也很感兴趣——她一言不发，只是倾听。

8月10日

去斯塔夫罗斯的店里剪头发，然后拿到了彼得·康拉迪在《拉德奈郡纪事报》上对《蓝山记忆：拉德奈郡旅程》发表的评论文章。我告诉他，我算不上是术士，但或许可以称为杂耍表演者或魔术师，因为我确实偶尔会从帽子里拽出一只兔子。

雨水变多了。之前植物被太阳炙烤得蔫头耷脑，我每天都浇水，但几乎不起任何作用，现在它们重新焕发活力，挺立了起来。

8月11日

约翰·罗兰兹－普理查德给我寄来保罗·罗伯逊的作品《声音景观：一位音乐人的生死之旅》。罗伯逊是著名的音乐家，也是"美第奇四重奏"乐团的领导者，他差点因主动脉破裂丧命。有挺长一段时间，他都处于无意识状态，因此算是有一次深刻的濒死体验。

对此，他说："与许多从濒死体验中幸存下来的人一样，我现在一心想活着，不会再给我的存在进一步添加任何谎言或未了结之事的遗憾。"

在书中的其他地方，他写道："静默，终极的精神之旅……一切的尽头都是静默——那终极的悖论，以及它更深层次的解决方案。关于绝对静默的感悟越来越深刻，它被赋予的意义就会变得越来越丰富，从而使其更加引人入胜和美妙。在这个层面，美是无法被定义的——也许更接近于爱或完美的纯粹结合。"

我想起了我和海威尔在他生命的最后两周所共同经历的宁静，当时他既不能动也不能说话。我觉得没有必要说话，只需凝视着彼此的眼睛就够了。

罗伯逊也有这样的观察和见解，这种静默解释了在令人放松的关系中，为什么有些人能够以相当不同的方式去倾听他人的声音，从而改变他们之间的情感空间。

8月12日，星期日

圣多米尼克教堂的弥撒结束后，鲁珀特来吃早餐。他四仰八叉地躺在沙发上，谈着他最近的生活。我需要做的就只是倾听。在他走后，我开始收拾桌子，为午饭布置餐具，然后便躺下休息了，房客则负责做午饭。

8月15日

我的一个演员朋友今天要去北爱尔兰，他将在《等待戈多》中扮演波佐一角——该剧是在一座小山顶举办的一年一度的"贝克特节"的一部分。他要大声背诵自己的台词，于是问我能否帮忙念其他角色的台词。我答应了，因此他经常来排练，我则配合念出其他角色的台词。我们这样练了好几次。

8月16日

莎伦来打扫卫生，提醒我说："你的冰箱外壳为什么这么热？"这是台二手货，所以也许它的使用寿命即将终结。我去找吉斯·亨特做每周一次的按摩，顺便聊起冰箱的事。他立刻回答说："关掉它！"显然，格伦菲尔塔火灾的诱因就是冰箱起火。我一回到家，就赶紧切断了冰箱电源，清理出了里面的所有食物——不然，我也有可能会让整个房子陷入火海。

今天下午到麦克米伦癌症中心进行另一次X光检查。弗朗西斯·瓦兹说，最近的扫描结果显示没有出现任何令人担忧的情况，一切都很健康，而我吞咽时的轻微不适感，仅仅是因为年事已高。我大大松了口气，然后安心地回家了。

8月18日

戴安娜·沃克是布莱德发信托基金的首批受托管

理人之一，她刚刚给我寄来了1987年布莱德发"树木节"的宣传册。在手册的最后一页，我引用了本笃会修女梅恩拉德·克雷格黑德女爵在斯坦布鲁克修道院所说的话："让我仰望高耸橡树的枝丫，知道它长得又大又粗，只因它生长良好，缓慢而稳定。让我慢下来吧，将自己的根深植于生命永恒价值的土壤，这样我便可能朝着我未来命运的星辰生长。"

这就是我们能做的一切：把我们的根扎入更深的土壤，让我们的枝丫向上伸展，向外扩展。

晚上九点，我在厨房里刚打开一包梅尔巴脆吐司，它就掉到地上，摔成了碎块。"浑蛋！"我尖叫道。

我还没习惯这一点，还得慢慢来适应，我得从豁达的哲学角度来理解它：这只是年迈的症状，没什么可懊恼的。

8月20日

我听了贝多芬演奏的一些曲目，尤其是《四重奏》

（作品130号），其中的"短歌"部分如此令人难忘，那是一种渴望，一种放手，一种令人难以置信的悲伤，紧接着是一段最后的、欢乐的"快板"乐章。

8月21日

整理文件时，我翻到了一个笔记本，里面记录了许多奇闻异事。这里举一个例子，一位主人对客人说："哎呀，我希望您自己玩得开心！"客人回答说："是呀，我完全不用去逗别人开心！"还有一个例子，也来自这个本子。故事发生在爱尔兰，有人去应聘建筑小工，建筑工地的一个领班面试他，说："我需要问你两个问题：什么是大梁？什么是托梁？"[1]

小伙子回答说："哦，这个我知道！第一个是歌德，写了《浮士德》；另一个是乔伊斯，写了《尤利西斯》！"

1　大梁为"girder"，托梁为"joist"，读音类似于歌德和乔伊斯。

8月22日

去多马尔剧场看《贵族》这部喜剧，但演员们的口音太重了，我完全听不懂他们在说什么。

8月23日

上午，向"基世言语"书店寄了更多《分享一生》。我买了一份《泰晤士报文学副刊》，在上面看到了莉比·珀维斯关于我的新书的感人评论。下午，汉普斯特德剧场的露西·莱瑟布里奇来采访我，为的是在《教会简牍》上刊出我的个人档案资料。

8月24日

到皇家自由医院去做按摩。

8月25日

安妮来给我上亚历山大理疗课，还带来一棵（伞状花序的）没药树。

晚上，诺曼和克里斯来吃晚饭，我们热闹地分享了许多，几乎像一家人一样。

8月26日

一说到生日，我就想起了学者兼作家、斯坦布鲁克修道院的本笃会修女费利西塔斯·科里根夫人。费利西塔斯快八十岁时，菲利帕·爱德华兹女爵士来问我能否用一种特殊的方式纪念这个日子。我咨询了休·怀特莫尔和我们的制片人迈克尔·雷丁顿，他们的建议是使用气球！菲利帕回忆道："在费利西塔斯夫人生日那天，一位男士带着八十只氢气球出现，这将带给她一个巨大的惊喜。快递员两只手各拿四十只气球。当他按照约定时间到达修道院时，我正站在大门附近，并设法迅速将费利西塔斯夫人带到门口，让她收下气球。这完全出乎她的意料，她相当感动。你和我曾计划将气球同时放飞到空中，就如同一朵巨大的银色云，但事实上，而且幸运的是，很多人抓住了它们，并把至少一只气球系在了费利西塔斯夫人的座椅上。人们还以各种方式将气球拴在了其他地方。就这样，我们保留了这些气球数天，直至氢气一点点从气球中漏出。修道院通常是一个绝对安静的地方，但现在那里欢声笑语，十分热闹！真是愉快的回忆，真美好啊！"

8月27日

正如老子所写："损之又损，以至于无为。"变老的一个重要方面，就是学会放手！

8月28日

到门诊部进行华法林用药测试，然后我又到玛莎百货的一家店铺买了点东西。但我搭错了公交车，乘坐的是四十六路，而不是C11。在察觉到坐错车之前，我一路向汉普斯特德奔去！之后我下了车，决定走回家，当时我还拉着一辆购物小拖车，里面装着四瓶普罗塞克白葡萄酒及其他物品。

8月29日

正与感冒抗争中。房客给了我一瓶卡罗巴药厂产的天竺葵止咳糖浆和几片感冒药。我发现，身体不适就很难冥想。只能等康复了。必须耐心点才行！

8月30日

一整天都与风寒头痛、流鼻涕、喉咙痛作斗争，晚上刚过六点，我就上床休息了。九点左右，房客回来了，他敲门问我要不要来点酱汁拌意大利面。于是我穿上睡袍，与他一起坐在中间的厅房里，享受这令人欣慰的惊喜。

躺在黑暗中时，我有一种越来越强烈的被爱眷顾、拥抱和包围的感觉，多年来，这种爱一直在不断滋长。然而，还有一个问题仍然让我感到困惑，那就是有多少人从没有过这种爱的体验。

8月31日

房客督促我卧床静养，我照做了。下午一点，我起床并穿好了衣服，但站在那里时，我仍感到头昏脑涨，浑身无力，所以我不打算外出了。

前些天翻到的那本旧笔记，名为《滑稽奇闻与怪谈》。我在里面发现了下面这两个故事，并把它们分享给了皇家自由医院的吉斯·亨特，为他的笑话篓增添新段子。

第一则趣事是关于一个男人的。他的丈母娘出于健康原因去了科罗拉多州的丹佛，但不巧死在了那里。那边的负责人给女婿发来一封电报，说："丈母娘已故。我们该如何处理？防腐保存、火化，还是土葬？"这位男士回电说："防腐处理，火化并入土安葬。确保万无一失！"[1]

另一则趣事是关于一位在俄罗斯离世的英国老太太和她的侄儿。在确认了老人遗嘱中的条款待他还不薄后，侄儿便通过电话交代，对老人的尸体进行防腐处理，然后再送回英国安葬。没过太久，棺材就运达了。但是，开棺检查时，他惊愕地发现，里面不是老姑妈的遗体，而是一位俄罗斯将军的尸首——在同一时间去世，也做了入殓防腐处理——于是他发电报给俄罗斯，要求纠正错误，但得到的答复却是："您的姑妈已按军事荣誉的最高规格安葬，至于将军，由您处置！"

到此为止，今天这样就够了——我还是要回床上躺着。

---

1 此处原文为："Take no risks!"，意思是：切勿侥幸冒险！英语文化中丈母娘与女婿的对立是传统幽默题材。

2018 年

9月1日

房客劝我要多卧床休息。

9月3日

人类拥有无穷无尽的魅力，这也就是为什么总会有小说家和剧作家为我们打开一扇通向他人生活的窗户，这样在阅读或聆听的过程中，我们会变得更有智慧。

人们的生活千差万别，丰富多样。例如有些人家，你走进去时会有一种平静有序的感觉，会意识到这是一个由爱创造的家。英国诗人杰拉尔德·曼利·霍普金斯在他的诗歌《埃尔维谷地》中触及了这一主题。然而，还有一些房子，在最新的室内设计与装修上一掷千金，有很多硬件，造型立面考究，沙发巨大，更像是鸡尾酒会的场地，而不是一个家。每一个房间、每一栋屋舍、每一套公寓……都在一定程度上反映了居住在那里的人的个性。当然，那也只是部分反映，你不能仅仅通过家的状态来判断一个人！但最舒适的家，还是那些有一种真正居住过的带有生活气息的房子。

9月4日

我很晚才起，之后去布茨大药房取药。我仍然感觉晕晕乎乎的，站不稳，但令我欣慰的是，这周预约的所有活动都取消了。房客给我弄了一盘胡萝卜条拌鹰嘴豆泥，用油和劲辣的胡椒粉调味。好吃极了！

9月5日

伊丽莎白·霍尔斯从威尔士写信告诉我，她的姨妈会连续好几个小时冥想，坐在"阿加"[1]旁边。姨妈陷于冥想的静默中，只管无声祈祷和沉思，宠物猫则趴在她的膝头。

她在信中写道：

> 她实际上为我们这个小村庄的其他人做过很多事情，而且非常有趣，受到许多人的喜爱。在因患癌症去世前的最后几个月里，她不想去小教堂，也不想教堂里的人上门来跟她一起祈祷，但她欢迎他们或别的任何人来看她，只是跟她一起待着就行。他们常常会陪她读书或聊天，抑或陪她坐在暖炉前，大家一言不发，只是享受着那并不习惯但美

1　"阿加"（Aga），烹饪与取暖炉具品牌，这里是暖炉。

好的沉默。他们如今仍会谈论此事。

我发现自己深受触动，尤其是随着年龄的增长，我越来越觉得自己不需要去教堂了，但在我们的冥想小组中，静默是如此强大有力。这就是为什么（正如我之前提到的）我认为未来的出路在于彼此家中的小聚会。我们的社会观念中越来越缺乏人们应成为社群一部分的意识，这也就是为什么我们越来越需要这些小团体形式的活动。

下午的时间都用来整理我的账单、发票、银行对账单等，要将它们归类放入不同的信封，为我的报税会计尼克·贝尔沃德做好准备。

房客今晚难得有一段意想不到的空闲时间，所以他躺在沙发上看书，而我则坐在扶手椅上看书。我发现，他的长时间陪伴，以及与我共享一处空间，非常治愈。

现在才十点，我就要上床了，因为寒意已向下蔓延到我的胸膛。房客给我做了一杯加了柠檬和丁香的热朗姆酒，之后我便在"睡梦之神"墨菲斯[1]的怀抱中睡着了。还挺有趣的，因为"睡梦之神"的名字里包含另一个神——"音乐之神"俄耳甫斯——所以，我是睡在了两位神之间。

9月6日

伊丽莎白·霍尔斯在拉德洛和莱姆斯特地区担任老龄事务顾问。她给我写信讲了自己姨妈的事情，还提到了她关于老年的一些思考：

> 我们常常认为变老是一种日渐衰微和失去的过程，正如人们通常所描述的那样；事情确实如此，但这并非故事的全部。因为有时候，有些老人展现给我们的状态是不一样的——生活的方式不一样，死去的方式也不一样；而我

1　墨菲斯（Morpheus），希腊神话中的睡梦之神。

们当中那些照顾垂死之人的人，有时则会通过他们看到，有一种"穿越"和"超越"的感受可以引领我们所有人一直向前。

风寒已往下侵入了我的胸腔，但外面阳光灿烂。我刚刚订购了一些玫瑰花精油，房客说玫瑰花瓣可以泡茶，味道很好！

9月7日

我仍然无法摆脱体内的这种寒冷感，所以我决定整个早上都待在床上。这会儿起来准备吃一顿简单的午餐，写今天的日记，然后重新缩回床上。

我在晚年学到的是，爱有很多类型，柏拉图式的爱便是其中之一。我回想起了我与埃塞尔·斯宾塞－皮克林之间的友谊，我们相识时，我刚二十岁出头，而她已经八十多岁了，但我们之间却建立了深厚的友情。有一次，她中风了，在一段时间内都无法移动，只能躺在家中的四帷柱大床上休养。我走进她的房间跟她道晚安，并且第一次也是唯一一次，轻轻地吻了下她的唇。她的反应却是如此热烈，还浑身颤抖。这时我意识到，她已经有很多年没被人亲吻过了，我开始怀疑她与斯宾塞·皮克林的婚姻可能（甚至）都没有实质完成，没有肌肤之亲。

多年后，我发现了在我离开英国去纽约教书一年时，她曾给她侄女写的一封信：

后来有一天，吉米去美国工作了。我想，我再也见不到他了。那是在秋天，我记得我走到门口，给了他最后一个拥抱，然后我放下双臂，让他走了，就像人们放走一只野鸟时那样——我从没想过要占有他。老人怎能牵绊和控制年轻人呢？不仅如此，我也希望他自由。我站在那里，看着他沿着栗树和酸橙树之间的长长车道向远处走去。当时已是黄昏时分，天空染上了一抹粉色，薄雾袅袅升起。就在车道临拐弯之前，也就是在那棵被闪电击中的树那里——你知道我说的哪一棵吧？——他转过身来，挥手向我致意。我想放声大哭，但我没哭出来。我心想，这将是我最后一次看到他了。

我记得自己去花园里修剪树枝，因为我实在不想回到房子里。即便我回去了，也只能心神不宁地从一个房间踱到另一个房间。房间里的一切都充满了他的气息和痕迹：他写字的书桌、那天早上他采来的鲜花、沙发上皱巴巴的靠垫——他午饭后坐在那里试图解决一道智力游戏题时弄乱的——还有壁炉架上他用来喝雪利酒的酒杯。至少有一点让人感到欣慰，家里只有我一人。假如有别人在，我可能会失控，无法控制情绪。

爱是一件多么美好的事情啊，有很多动人的细节！

9月9日

我卧室的墙上挂满了镶框的油画、版画和书法作品。躺在床上，看向右边墙上的画，我能从每幅画的玻璃框上看到房间落地窗与窗外花园的投影。在我看来，这些映像具有象征意义，代表了一种超越现实的生活。

9月10日

我正在重读弗洛丽达·斯科特-麦克斯韦[1]的作品《我生命的度量衡》，这本书是对老年的深思。她在书中一处描述了铁路站台上的一群女士："然后火车进站了，我们便开始了各自的旅程。或许就是这样：我们每个人都在旅途中。但对每个人来说，进入晚年的旅程各不相同。晚年之路可能是可怕的，但如果我们愿意，

---

1 弗洛丽达·斯科特-麦克斯韦（Florida Scott-Maxwell，1883—1979），美国剧作家，代表作有《我生命的度量衡》（*The Measure of My Days*，首版于 1968 年）。

它也可以是美好而又愉快的。"稍后，她接着说："四十年前，当我接受荣格精神分析师的培训时，我对深度的无意识有过一些体验；我坚信，一切事物的背后都存在一种意义和奥秘，而且永久不变。"这些话，我深有共鸣！在书中某处，她还引用了我非常喜爱的诗人埃德温·缪尔[1]的一些话：

> 我又学到了一课，
>
> 当生命完成过半，我们必须给剩下的一半
>
> 赋予品质，否则会两者尽失，失去所有。
> 请选择，
>
> 选择，把粗放、随意的时光给你的东西，
> 编成一本选集。
>
> 修订，删减；保留有意义的东西。

晚上，房客进来，关掉了所有的灯，只留下一盏，

1　埃德温·缪尔（Edwin Muir，1887—1959），英国诗人、文学评论家和翻译家。

并为我俩播放了音乐，他斜躺在沙发上，我坐在扶手椅上。音乐播放器里播放的是巴赫的《平均律钢琴曲集》，是安德拉斯·希夫[1]近期在伦敦皇家阿尔伯特音乐厅演出的录音。想象一下，这是多么神奇啊！最初巴赫的这些曲子是在我身后的击弦古钢琴这样音色柔和、构造精巧的乐器上演奏的，而现在，我的手指变得十分笨拙，再也无法弹奏这架琴了。乐曲结束时，我在谷歌上搜索，想看看罗莎琳·图雷克[2]是否也曾演奏并录制过这些曲目。她录过！我随即订购了她的专辑。我永远不会忘记她在伦敦皇家节日音乐厅用钢琴演奏巴赫的《哥德堡变奏曲》时的情形。在那漫长的演奏结束之际，她只是静静地坐在钢琴前，在静默中歇了一会儿，才转身面向我们，全场观众随即欢呼起来，掌声雷动。

---

1 安德拉斯·希夫（András Schiff, 1953—），英籍匈牙利钢琴家，2014年获得英国女王的爵士荣誉。

2 罗莎琳·图雷克（Rosalyn Tureck, 1913—2003），美国女钢琴家。图雷克早在十七岁时就登台演出了巴赫的曲目，二十三岁时更以连续音乐会的方式演奏了巴赫全部独奏键盘作品，确立了自己巴赫"圣徒"的地位。

9月11日

如果某人带着水源探测员走过一块田地，他们会准确地知道在何处打孔钻井能引出地下水。同样，在我们的生命中，有时我们的生活看起来窘困、贫乏，但地下却有着未开发的资源。我们只要深入内部，发掘深处的自我，便可等待清泉涌出。

爱德华要来给新栽的桂竹香制作一个防护罩，所以我早早就起床了。此前有松鼠来过，估计它们以为这些是可食用的球茎，将其全都挖了出来。房客替我重新栽种了桂竹香，并在上面安装了一个铁丝网。但第二天，我们发现松鼠把铁丝网给拖走了，并且又把植物全挖了出来！那些松鼠就住在我花园尽头的那株白蜡树的树顶上。每年秋天，当我种下郁金香和水仙球茎时，都必须用铁丝网罩住每个花盆，然后再拿石块压住铁丝网的边缘。眼下这片草坪，以前在春天可是一片开着番红花的淡紫色花海，但后来松鼠来了，开始大挖、特挖植物球茎。除了是讨厌的小坏蛋，松鼠还有什么用处呢？最初是谁把它们引入了这个国家？它们还赶走了本地的红松鼠，从那以后就一直在繁殖！从前在威尔士的时候，我几乎每天都在小鸟喂食器下面投放一种特殊的毒药（杀鼠灵）——据说它可以杀灭这些松鼠。但它们安然无恙，每天照旧来，而且吃得越来越多了。

9月12日

哈里·伯顿给我发来诗人鲁米的一句名言，真是令人解颐：

我来到这里，并非出于自愿，我也无法自愿离去。

我在今天的《泰晤士报》上读到一篇文章，说美国有三分之二的青少年更喜欢和朋友通过网络交流，而不是面对面。如果不能面对面交流，想必会影响婚姻及那些更正式的关系吧？

9月13日

很像秋天的第一天，阳光明媚，空气清新而凉爽。爱德华正在花园里忙活各项杂事。

我一直在思考老年。关于变老，使徒圣保罗的观点吸引了我："虽然我们的外在之人日渐消瘦衰老，但我们的内在之人却每天都在更新。"

正如卡尔弗里德·格拉夫·迪尔凯姆所写："重要之事是，现在就放手，放开直至现在仍是你生活中心的东西。把它们抛在脑后，开始倾听你内心的声音……让你的本质存在显现出来。请开始走向完全的成年。"这意味着忠于内在的赤子之心，意识到去激发自己的创造力永远都不会太晚。我现在已经接受不再做导演或指导演员协同工作，不再授课，不再承担社会角色，但我仍在学习，仍在发现，仍在探索，尤其是倾听自己的内心。一个人必须学会如何放手并告别自己的过去，接受自己会衰颓的事实，因为只有这样才能成长。这就是荣格所说的"个体化"，即回归到更深维度的自我，也是迪尔凯姆称为"本质存在"的东西，圣保罗所谓的"内在之人"——或者"内在之女"。

9月15日

我爱秋天这凉爽的日子，但我也爱其他季节。新的能量会伴随春天而来，植物开始萌芽，鸟儿忙着筑巢。随着盛夏的到来，玫瑰花绽放，花园里百花盛开。秋天，在一片绚丽斑斓的色彩之后，我们看到树叶飘落，树干的轮廓显露出来——这一刻总是让我想起一些老人，他们就仿如掉光了所有树叶的大树，显露出内在的自我。

我正在重读乔治·赫伯特的一些著作，为11月11日最后一次主持圣体圣事做准备，那天是我九十一岁的生日。这也是我最后一次主持宗教活动，因为我的祭司许可证将到期，而我也知道自己没有精力再去填写各种表格续期，况且还得像过去那样，花一整天时间听主管机构那官僚主义的说教。我明白为什么每隔几年教会必须让神职人员经历这些考验与磨炼，从法律上来讲，这自有道理，但对我不再适用。

9月16日

有很多东西无法在本书中描述。有不少人以各自的方式找到我，他们要么是倾诉，以释放内心的重压；要么是希望寻求反馈。有那么多人茫然迷失，或者深感孤独。尽管我拥有多年丰富的精神分析经验，并且如今还会偶尔去找某位荣格精神分析师分享梦的内容，请对方帮我解梦，但说到底，我终究不是一个有资质的、合格的心理顾问。我的角色很简单，就是倾听，分担人们内心的压力、焦虑及其他情绪问题；完全就只是倾听。通常，这就是全部所需：人们要求的只是一个真正的倾听者，希望与其分享他们的烦恼。所以，无论是谁，只要需要我，我都愿意效劳。我还收到了一些素未谋面的人发来的长长的邮件，我也会回复。当然，还有一些人关注了我的博客，会在阅读我每月两篇关于冥想的文章后留言。不过，有一件事我很清楚，那就是我不是什么宗师或圣人，因为我所知甚少。

朋友在我的生活中扮演了极为重要的角色。我想起了本笃会修女劳伦希娅·麦克拉克伦女爵在给友人西德尼·科克雷尔爵士的信中写道："友谊，是多么神秘啊！一个人的朋友与另一个人的朋友又各不相同，这是多么奇特和令人愉快啊——奇妙之处不仅仅在于那些朋友本身及差异本身，而且在于一个人对待这些差异的方式。例如，我们需要理解和接受别人的一些差异，别人也需要容忍我们的不同。在我看来，完美的朋友就是一旦彼此相信，便可永远信任，从来不需要解释和保证。"

9月18日

今天，我去安湃声服务中心安装新的助听器。这会在我的银行账户上留下一个大大的"窟窿"，不过，正如房客提醒我的："裹尸布上可没有口袋！[1]别忘了这个事实。"

詹姆斯·霍利斯在他的《创造生活》一书中写道："我们拥有的不是一种生活，而是有多种生活可践行，有多个使命和职业待完成。"

这个说法，在我的人生中当然是成立的！

9月19日

托尼·莫里斯早上打来电话，与我讨论了我的多个写作项目，以及布莱德发创意精神中心的未来。我决定，从自己过去几年写的文章中挑选出大约五十篇，集结成一部名为《寂静之声》的作品，作为我的《发现静默》那本书的续篇。

下午，苏珊·伍尔德里奇[2]来喝茶，带来了石南盆

1　意指钱财乃身外之物，生不带来，死不带去。
2　苏珊·伍尔德里奇（Susan Wooldridge，1950— ），英国女演员，代表作有《光荣岁月》《水啸雾都》《忠诚》等。

栽和姜饼。我们已经相识近三十年。第一次碰面是我为演员理查德·威尔逊写传记，要搜集素材，于是便采访了她，因为她曾出演过威尔逊的一部电影，讲的是第一次世界大战中致残的截肢者。她扮演的是一名护士。在一次即兴创作中，在苏格兰拍摄地的一栋房子里，理查德让她擦地板擦了两个钟头！她跟我聊到去后台祝贺某位演员的表演是多么困难："如果你太感动的话，往往说不出话，无以言表。反之，如果你认为表演很糟糕，你又能怎么说，能说些什么呢！"我告诉她，我在纽约茱莉亚音乐学院任教时，舞蹈系主任玛莎·希尔有一次邀请我和她一起去看她旧日一位学生的单人演出。表演太差劲了，她说："我真不知道该说什么！"然而，当舞者出现时，她伸开双臂搂住了他，一个大大的拥抱，但只说了那学生的名字，只有一个词——"路易斯！"这真是聪明之举。

这天稍后，苏珊通过电子邮件给我发来了剧作家阿兰·本奈特[1]的精彩作品《流转》。

9月21日

到皇家自由医院做例行按摩。吉斯·亨特指了指我右侧大腿和小腿上的各种瘀伤——是我正在服用的华法林以及我无意中的碰撞所致。他警告我要小心，因为瘀伤可能会引起感染。

9月22日

正如温德尔·贝瑞观察到的那样，神圣之地并不一定是多么特殊的地方。我经常想起我的朋友希拉·罗斯在她七十多岁时给我写的一封信。她在信中回忆了大约三十年前的一段经历，说自己一直念念不忘。

"很多年前，"她写道，"我们的孩子还年幼的时

---

1 阿兰·本奈特（Alan Bennett, 1934— ），英国导演、演员、编剧、制片人，
代表作有《年轻的来访者》《爱情与战争》等。

候，我们在仲夏节[1]那天去爬了莫尔文镇的仲夏山，打算看日出。凌晨三点，我们从小屋出发，然后悄悄地爬上山，当时夜色弥漫，天还黑着。黎明的合唱也才刚刚开始，空中回荡着鸟鸣声。不过，山顶上已经有人了，三五成群地聚在一起：一些露营的年轻学生还在睡袋里睡觉，另一些人则轻柔地弹拨着吉他。没有不和谐的嘈杂声音，没有车流，只有轻柔的低语声和柔和的吉他和弦，以及一种四海之内皆兄弟的友谊。我们被同一目标牵引到一起，等待着红日第一道银边出现的完美时刻。有的人屏住呼吸，凝望着东方，有的人在祈祷。之后，随着太阳升起，吉他声停止了，其他的声音也逐渐归于沉寂。就像世界末日一般，如此寂静，但这一切又是新的开始。随着灿烂的太阳升起，昏暗的天空被红金相间的条纹划破，白昼充足的光线也使整个山顶焕然一新，在场的所有人都发出了喜悦与惊奇的感慨与赞赏。每个人的脸上都洋溢着快乐，还有些人流下了喜悦的泪水，而这样一种

---

1 北欧国家的传统节日，于每年 6 月 24 日后举行。

深刻的精神上的陪伴，将永远伴随我们所有人。有那么一小会儿，我们完全摆脱了所有的拘束、恐惧和隔阂。这是一种敬拜与祝祷。后来，我们这一群快乐的人涌进山顶的小木屋吃早餐；餐食是为这天早上的客人特别准备的。热咖啡及滋滋作响的煎培根的香味，飘荡在群山之间。从来没有哪顿饭是如此美味！"

9月23日

今晚去了威格莫尔街的音乐厅，听"希思四重奏"[1]的演奏会。其中最令人难忘的作品是他们演奏的贝多芬的《A小调弦乐四重奏》（作品132号）。

9月24日

今天的大部分时间都在修订本书的文本，需始终

1　希思四重奏（Heath Quartet），英国弦乐四重奏组合，他们凭借出众的技艺，已跻身国际一流弦乐组合之列。

记住，少即是多！此前，我写回忆录时，前后共有十二份草稿，《分享一生》竟也写了七稿。

9月25日

我给阿兰·本奈特寄了一本《分享一生》，并随附短笺提及了跟他一起度过的一个特别的晚上：那天，他和帕特里克·加兰[1]一起来到我和海威尔位于伦敦贝尔塞斯公园的公寓。当时，肯尼斯·威廉斯[2]和琳达·索尔森[3]也在。午夜前后，肯尼斯正在讲新故事，逗得我们哈哈大笑时，楼下传来一声巨响，原来是我们的邻居艾丽卡·谢利在用木棍敲击她家的天花板，显然，我们的喧闹声吵得她无法入睡！

关于我那本书，阿兰写了些感想，非常动人。他

1　帕特里克·加兰（Patrick Garland, 1935—2013），英国导演、演员、制作人，主要作品有《独家新闻》《玩偶房子》。

2　肯尼斯·威廉斯（Kenneth Williams, 1926—1988），英国喜剧演员、编剧，主要作品有《春满夏令营》《不要惊慌失措》等。

3　琳达·索尔森（Linda Thorson, 1947— ），加拿大女演员，于1965年移居英国，出演过《豪门恩怨》《戏假情真》等作品。

为我与海威尔那维持了五十四年之久的稳固关系感到高兴，并补充说，他和鲁珀特的交往也已经有二十六年了。最后他还说，他很乐意来跟我喝杯茶。

我最近在大学学院医院影像科所做的一项检查结果显示，我颈部的淋巴结自上次检查以来一直在增大，医生说可以通过注射治疗来使其缩小。

9月26日

啥也没做。失去的一天。

9月27日

中午时分，莉比·珀维斯[1]来访。她背着一个双肩包，里面装着她的笔记本电脑、书籍，等等。我们热聊了两个小时，分享了很多观点。其间，她稍稍谈到了她

1 莉比·珀维斯（Libby Purves，1950— ），英国广播电台节目主持人、记者和作家。

和丈夫保罗如何应对他们才华横溢的儿子自杀所带来的创伤。她是一个富有内涵且意志坚定的人，而且非常幽默。但是时光飞逝，最后她不得不离开，去品特剧院为这一季的"品特戏剧节"当评审。

9月28日

有一封信来自伊丽莎白·霍尔斯，她在信中说，读我的《分享一生》时非常感动，尤其是书中描述的海威尔最后病重的时光，以及我和他如何一起渡过难关——而不只是陪伴在他身边。接着，她讲述了自己患有帕金森综合征的父亲在临终前是怎样的情况：

> 在最后的那几周里，他周身散发着一种半透明的气息，有些时刻，比如当他看着我，而我回望他时，他眼睛里，或者他还能说出的少量简单话语中，便会传递出一种极度清

晰的联结。那种爱如此深厚，我们以一种更深层的，而非以往在生活洪流中相互奔忙的方式联结。我感觉，父亲的生命本质已完全显现，而那里便是我们的联结之处。即使在他陷入昏迷后，我仍然能感受到一种通联的力量，而与他的这种联结，比我以往任何时候所感受到的都更强烈，尽管无言。"陪伴"某人度过死亡时刻这句话当然完全正确。当我们看上去无能为力时，爱能给予我们强大的支撑。

所有这一切，在海威尔生命的最后几周里，我和他也经历过。

9月29日

我回想起五十多岁时，自己几乎总是会在11月11日，也就是我生日那天，到拉德奈的山间走上一整天，静静地反思与自省。那些日子早已一去不复返，现在走路不再是一种乐趣，只是从A地到B地的一种必需举动。暂且不说脚上的神经病变，单说走路时，我的感觉就像在深及臀部的泥沼中跋涉。这一定是我臀部和腰背部某种类型的风湿病在作怪——虽然我每周都有一节很棒的亚历山大复健课和按摩理疗。但我并没有抱怨，而是强迫自己每天走大约一英里。

又是一个晴朗凉爽的秋日。房客举办了一个午餐会招待朋友，所有人我都认识。其中一位客人拿出了一张卡片，这是她乘坐的那班从海格特发车的巴士司机在每位乘客下车时送的。卡片上面写着："我只想对各位大声说谢谢！无论您是说了'早安司机！''司机你好！'还是'谢谢你，司机'（简单一句，却意义重大），我都要对所有的乘客表达感谢！我在这条公交线路上工作了近十五年，遇到了一些很棒的人。我想继续用行动对大家的支持表示感谢，所以我只想说很高兴能为大家服务！——来自伦敦–苏格兰运营公司的一位司机。"

——我希望你压力全无，度过快乐的一天！来自司机X的爱与问候。在如今这个时代，这样的关心或举动，确实非常令人感动。

9月30日

查尔斯·达夫[1]的回忆录《查理的树林》相当感人（我刚买了两本送朋友），他刚刚送了我一本理查德·霍洛威[2]的最新著作《等待末班车——对生与死的思考》。显然，尽管他对教义信条存有许多疑问，但在其一生中，他一直是一位深切关怀他人的牧师。霍洛威让我想起了我的好友约翰·亨彻，一位出色的圣公会牧师。

亨彻死后，他的挚友约翰·库珀将他生前的一些随笔整理出来，并以《人生一瞥》之名出版。书中，

---

1 查尔斯·达夫（Charles Duff, 1949— ），演员、莎士比亚和戏剧史方面的讲师。

2 理查德·霍洛威（Richard Holloway, 1933— ），苏格兰爱丁堡圣公会前主教，同时是一位神学教授。

亨彻描述了自己还是学童时，同全校孩子一起被带到伍斯特的一家电影院，观看未经剪辑和删减的、关于解放奥斯威辛和贝尔根–贝尔森集中营的新闻短片。他说，那是一次可怕的经历。

10 月 1 日

多萝西·达菲生下了她的第一个孩子。她告诉我，她计划将来种些树。我跟她讲了露丝·帕维的著作《一片只属于自己的森林》，在这本书中，帕维描述了她是如何在萨默塞特的湿地平原创造了一片森林。我给多萝西寄了张支票，让她代劳种两棵树，一株叫"吉米"，另一株以房客的名字命名。我建议，她可以让其他朋友也这样做。如此一来，有朝一日，她就可以带着女儿一起走在林间，走在"朋友们"中间。

10 月 2 日

邮局送来了我朋友、诗人爱德华·斯托里的一封信。他在信中说自己被诊断出患有肝癌，而且是晚期，连做手术都无济于事了。为了控制病情，只能采取高强度的化疗，而如此强度本身就是致命的。

"所以现在，"他写道，"是一场关于等待的游戏，而且等待的是数周，不是数月。事已至此，我平静地接受了这个不可避免的结果。不过让我深感欣慰的是，我可以在令人愉悦的家中度过余下的时间，不必待在医院那让人倍感孤独的病房里，与陌生人一起度过。我和安吉拉已经决定，要尽可能正常地度过这段时光……一切都超出了我们的想象。来自你最诚挚的朋友爱德华。"

10 月 3 日

最近，我们冥想小组的成员之一乔安娜，将巴赫各类作品的CD借给了我，其中包括几首巴赫为古大提琴和大键琴创作的奏鸣曲。我一遍又一遍地播放其中为大键琴而谱写的曲子，这让我感到趣味无穷。

10月4日

一个思考：当两个朋友或一对情侣选择生活在一起时，偶尔会发生冲突，比如一方的某些习惯或小毛病可能会让对方感到恼火，但相处的秘诀就是接受这些，而不是试图改变对方的行为方式。对情侣们来说，这一点尤为重要。我记得，在我与海威尔交往的早期，有一次，他情绪激动地对我说："你是我的伴侣，不是我的老师，好吧！"我永远不会忘记那个教训。

10月5日

去皇家自由医院做按摩，然后回来为周日的晚餐准备并烹饪鹿肉砂锅炖菜，届时露西·莱瑟布里奇将加入我们的冥想小组。

10月6日

今天感觉冷飕飕的，人行道上散落着干枯的深棕色树叶，预示着秋季的开始。小时候，我喜欢在秋天的树林里踩着厚厚的落叶深一脚浅一脚地迈步。九岁那年，有一次在学校里，我用彩色铅笔画了一幅自己的画像，描绘的就是自己在林中漫步，踩着枯叶！

刚刚收到本周的《教会简牍》。这一期刊载了麦琪·弗格森的一篇非常重要的报道，讲的是越来越多的孤独者。在英国，有七百七十万人独居，他们出生于20世纪40年代中期至60年代中期，也就是"婴儿潮一代"。在相对年长的群体中，有超过一百万人在所有时间或大部分时间都感到孤独。但她也强调了孤独不仅限于老年人。在文章的结尾，她引用了加尔各答的特蕾莎修女的话："我认为，世界上最大的痛苦是孤独，感觉没人爱，连一个爱你的人都没有。我越来越意识到，不受欢迎是人类所能经历的最可怕的痛苦，不被人需要。"

本周的《教会简牍》还附了一本基督教青年会的小册子，招募志愿者（每月会提供十二英镑的生活补贴）来帮助安置无家可归的年轻人。我立刻填了申请表。

安妮来给我上亚历山大理疗课。她说，我走路困难可能是心脏出了问题，所以她给我安排了新的练习。塞琳娜来喝了下午茶。

我与塞琳娜之间的友情应该是我们各自最宝贵的情感经历之一。我为她订购了我的《实验戏剧》——五十年后，这本老书仍在发行。20世纪70年代，我在美国各地进行巡回演讲时，这本书的平装本在每个机场都有售。

10月7日

冥想小组的所有成员都到了。丹发表了非常诚恳而又感人的演讲，讲述了他多年来如何冥想，以及在最初的几年里，他有过很多丰富的体验，但在过去的两年里，几乎没有什么新的感悟，对他而言，冥想已成为一种坚持不懈的训练。

冥想环节之后，我指出冥想练习在某些方面很像恋爱经历，一段关系的头几年可能会让人非常兴奋，但后来每隔一段时间就会让人觉得单调乏味。正如马德琳·英格[1]所言："爱的成长不是一条直线，而是一连串的波峰与波谷。我怀疑，在每一场美好的婚姻中，都有过爱走到末路、似乎要散伙的时候。有时，这些感情枯竭期的'沙漠线路'正是通往下一片绿洲的唯一途径。爱的成长，大多数是通过考验来实现的。"

因此，在冥想练习中，我们只能跟跟跄跄地前行，但正如我在《发现静默》中所指出的那样，很多事情都在地下隐蔽进行，在一个人的潜意识深处推进。

1　马德琳·英格（Madeleine L'Engle，1918—2007），美国作家，也是世界最受欢迎的青少年文学作家之一，代表作有《梅格时空大冒险》系列。

10月8日

去看牙医。检查只用了五分钟，我的全部牙齿都状况良好。到家时，正好爱德华来访：他来修剪草坪，并处理其他的花园杂事。整理文件时，我发现了一个非常感人的故事。据我所知，英国广播公司在2005年制作了一部关于此人的纪录片，这个人就是西里尔·阿克塞罗德。他天生耳聋，年轻时在中国澳门和南非创办了聋哑学校。及至人生中途，他又失明了，这意味着他不得不停止工作。由于双重的残疾，他感觉自己与世界的关联被切断了，但面临此逆境，他决定学习按摩技术，并且在看不到也听不到的情况下，学会了通过触摸与别人进行交流。他成了一名专业按摩师，后来还担任了神职。作为西里尔神父，他的事迹广为人知，是世界上唯一的聋盲神父。他已经完全接受了自己生理上的缺陷，并找到一种能够让自己在多个层面上去帮助聋盲人的方法，这也给他带来了满足感。这是一个了不起的实例，表明我们在世间不是只为自己而活，也为他人而活。

10月9日

早早天黑的季节已经开始，这总是让我想早点上床歇息。昨夜，花园尽头的小公园整夜都被泛光灯照亮——以前也有过这种情况，我想知道究竟是为什么。是为了威慑并阻止潜在的窃贼闯入我们这些环绕在公园四周的房屋？这座公园不向公众开放，只在白天时段供当地学校的孩子们使用。

近期，房客每天都在温室里搞他的纳税申报材料。我的报税材料一个月前已经整理完了，只等着会计尼克·贝尔沃德来拿。

10月10日

整个夏天，伦敦都饱受果蝇的侵扰，毫无疑问，这个国家的其他地区也是如此。这些东西看上去就像烟尘，附着在我浴室里那光亮的白色瓷砖上，十分显眼。每隔一段时间，我就会拿苍蝇拍打它们。我问房客，果蝇是如何繁殖的。他回答说："以我们所知的惯常方式！"不过，很难想象这么微小的一只苍蝇叠在另一只上面是什么样子，但绿头苍蝇、马蜂和蜘蛛肯定也是这样繁殖的吧。然后我又想到了乌龟还有刺猬的交配，整个事情变得非常令人好奇。毫无疑问，在某个地方，肯定有人写过与这个主题相关的研究论文。

10月11日

又是一个阳光灿烂的秋日。花园低坡那头的五叶地锦像窗帘一样垂挂在我书房的外墙上，看上去就像一张绚丽多彩的挂毯——这让我想起了房客这周末将参加的为期两天的编织课。

一位多年老友来吃午饭。他妻子大约五年前因癌症去世。当时，他妻子在重症监护室住了六个月，他每天都去探望。妻子的死令他痛不欲生。但最近他告诉我，妻子经常出现在他的梦里，这让他每次醒来时都非常高兴。这可能是潜意识在发挥作用。

10月12日

昨晚我吐了，还拉肚子，因此房客建议我泡个热水澡，尽量泡久一点——通常我都是四分钟之内搞定。上床睡觉时，我还抱着一个热水袋。在这些事情上，房客非常明智，而我已经学会了听取他的建议。

今天上午，我被一阵轻轻的敲门声唤醒——当时是十点半——是马上要出门工作的房客。他端着一个托盘进来，上面放着一个用蜂蜜浸泡的碎核桃仁做点缀的杯子蛋糕，还有一杯茶。

我在床上躺了一整天，没什么精神，也没有力气。但一切都会好起来的，各种各样的事情都会好起来的。

10月13日

卧床一整天。房客拿进来足量的水和食物，放在我手边，以防我饿肚子。

晚上，在结束一天的编织课后，他坚持要给我做一些简单的夜点小食，还搭配了一杯酒。他又建议我泡个时间长点的热水澡，然后换一套干净的睡衣。我上床后，他还给了我一个用毛巾包着的热水袋。

我也一直在思考，占有欲是如何破坏一段关系的。重要的是，要认识到我们永远无法占有另一个人。有些人像候鸟一样进入我们的生活，时候到了，他们就会飞走，继续剩下的人生旅程。我们必须学会放手。当然，有孩子的夫妇除外。如果是那种情况，无论遇到什么困难，都必须设法克服，也许可以寻求婚姻顾问的帮助。正如我之前提到的（见12月23日的日记），当父母中的一方退出家庭、决绝而去时，会给年幼的孩子造成很大的心理伤害。有些人永远无法从创伤中恢复过来，并且有可能会在以后的生活中重复同样的错误。所有的关系都需要努力维护、自我约束，以及双方对彼此及关系本身给予的深切关注。

10 月 14 日

大部分时间都在床上躺着，精神萎靡，有气无力。起来加热猪肉砂锅炖菜，当作晚餐。但那味道太油腻，于是我把它给扔了。取而代之的是熏制三文鱼。

10 月 15 日

今天我总算起床了，穿戴如常。去商店购物。斟酌并打磨我在 11 月 11 日最后一次圣体圣事上要讲的布道词。

我发现，女王的孙女尤金妮公主近日的婚礼让我感到震惊和愤慨。我既非君主主义者也非共和党派，但在这样一个政治动荡时期[1]，这场婚礼预计要花掉纳税人两百万到四百万英镑，用于维持现场的秩序，而如此巨额的花费，让我觉得王室与政府完全是麻木不仁的。上天明鉴，她只不过是王位的第九顺位继承人！假如这对新人事先表态说我们只想安静地结婚——但如果摄影师想拍我们从教堂里走出来的照片也没问题——那将是多么明智和适宜啊！

10月16日

我一直在思考人际关系，无论是在职场环境中，还是在亲密的私人关系中，如父母与孩子、老师与学生、朋友之间或恋人之间。摩擦与冲突的产生是多么快啊：一点轻微的刺激就能点燃导火索。诱因可能是一个人说话的语气被误解，而其所说的话被视为在责难对方。有时，当人们感到疲倦或处于压力之下时，他们说话

1　英国"脱欧"带来了一系列风波。

可能会比较冲，牙尖嘴利，而当这种情况发生时，另一个人一定不能以同样的方式去回应。任何一种关系中都会有这些令人烦心的小矛盾或隔阂。正如在我的《奥德与艾斯维尔历险记》系列中，小熊奥德对他的朋友、小丑艾斯维尔所说的："有得意的好日子也有倒霉的坏日子，今天是我的倒霉日之一！"秘诀就是不要反应过度。以牙还牙只会造成灾难！

有时，当两个人决定一起生活时，最初他们有很多共同点，但慢慢地分歧就出现了。可能是一方执着于整洁的居家环境，另一方完全相反；或者，一个是夜猫子，另一个却习惯早睡。在眼前这个家里，房客是夜猫子，而我更像一只咯咯叫的母鸡，早早地就栖息了。务必记住的重要一点是，一个人永远无法改变另一个人。改变只能来自内部。只能是人的自我改变。我的另一个思考是，如果一个人说了伤人的话，永远不要用伤人之语来以牙还牙，进行报复，因为这样做，只会在顷刻间引发一场情绪大战，很多难听的言语便会脱口而出，而且正如人们经常在媒体上看到的那样，甚至会导致谋杀，因为情绪完全失控了。从这一层面来看，某种形式的冥想练习是无价的，可以防止人们过于激动、被情绪淹没。

我脑海中浮现出诗人罗伯特·彭斯的一句诗："以他人看我们的眼光来审视自己。"我年轻时，相对缺乏自知，为人也不稳重，傲慢自大，爱出风头。我记得，为梅休因出版公司工作的约翰·卡伦曾告诫我，必须停止攀附名人。我确实见过我提到的那些名人，虽然见面时间十分短暂，通常由依列娜·法吉恩引荐，是她带我到后台去见那些名人。但我意识到，每当我提及这些名人时，内心是想借此提升自己的身价。我还是很幸运的，针对我的言行，有众多朋友能毫不避讳地"举起镜子"，让我看清楚自己。

10月17日

两次疾病发作，使我变得虚弱不堪。多亏了房客的照顾，我从病痛中慢慢康复过来。现在我的精力已恢复，就像滔滔洪流一般汹涌澎湃！

10 月 18 日

无谓的忙碌。又是失去的一天！

10 月 19 日

刚结束我的每周例行按摩治疗，然后购物，买了周末要用的食材。另外，我还复印了露西·莱瑟布里奇在 11 月的《老骨头》[1]上对我的两本书所做的出色评论。

外出散步。这些天，我更加意识到自己是一个老人了。我并不沮丧，而是想起了叶芝的诗句：

一个老人不过是一件废物，

---

1 《老骨头》(*The Oldie*)，月刊，旨在创造一份思想自由、有趣的杂志。

一件破衣挂在木杖上，除非

灵魂拍掌而歌，愈歌愈激楚，

为了尘衣的每一片破碎；

没有人能教歌，除了去研读

为灵魂的宏伟而竖的石碑；

所以我一直在海上航行，

来到这拜占庭的圣城。

另外，这首诗中还有一个美妙的诗句：

……请将我纳入，

纳入永恒那精巧的艺术。[1]

10月20日

如今，有非常多的人死于飓风、龙卷风、海啸和

1　引自余光中译本《驶向拜占庭》。

洪水等灾难；有数量极庞大的一部分人是移民、流徙的难民、背井离乡者、乞丐或无家可归者；有很多人患上了阿尔茨海默病，饱受折磨；还有许多人在极其可怕的事故中致残，或者生来就畸形。在这个星球，尽管存在着人类过度繁殖的危险，但父母们仍在将孩子带入这个麻烦不断的世界，而且有越来越多的人愿意生两个孩子。这一切将走向何方？在这个国家，还有爱尔兰，越来越多的人成了不可知论者，并由此产生了许多玩世不恭的态度，以及一种人人为己的"自我"文化。

安妮来给我上亚历山大理疗课，然后帮我把天竺葵的枝条都剪下来插到了花盆里，以抵御寒冬。我继续为11月11日的圣体圣事布道做准备——正如我们杰出的教区牧师玛乔里·布朗所说，最后一次布道相当于"折断法杖"，我打算再简化一下相关流程——常规程序太冗长了，人们需要更多的自由空间和时间。

10 月 21 日

又是一个风和日丽的秋日。我花了很多时间在厨房为诺曼准备今晚的餐食——烹制烤猪肉。

10 月 22 日

去加里克俱乐部听荷兰音乐家卡米尔·伯斯马的钢琴独奏会，曲目是舒伯特和李斯特的作品。每次"晨用起居室"俱乐部[1]有演出，我总是会预订前排的座位，能靠得如此近来聆听和观赏演奏现场，就像在 18 世纪和 19 世纪初的私人豪宅中听专场音乐会一样，真是莫大的荣幸！

---

1 Morning Room，18 世纪与 19 世纪的维多利亚时代风格的英式住宅的布局，此房位于餐厅与厨房一侧。这里是指俱乐部采用了类似的布局，小型演出活动也在这一房间举办。

10月23日

罗伯特·弗罗斯特的一首诗中有这样一句话:

如何看待那已衰败的事物?

这就是我脑海中浮现的一个想法,我估计大多数老年人也想过这个问题。我的味觉、嗅觉和听觉都受到变老的影响。虽然我有很好的助听器,与一两个人交流时能很好地发挥作用,但如果面对一群人,我就听不到别人对我说什么了。我也明确意识到了自己身体的变化,以及跟人谈话时,我是多么无趣。显然,后一点并非总是如此,因为我有过且现在仍然拥有很多来自各行各业的朋友,但现在我自己开口说话的必要性大大减少了。我喜欢房客的陪伴,喜欢我们时不时地聊上几句,但总的来说,我更喜欢听别人说。我在美国旅居了几年,曾有一段时间,我在妇女俱乐部、大学演讲,每一篇演讲稿我都会先写下来,然后以演员们熟悉和扮演角色的那种方式将其背诵下来。我缺乏像房客及我的其他朋友那样的自然聊天的天赋。不过，如今也不再需要说那么多了，只需在沉默中停驻休憩。这个衰退的过程是非常自然的，是一种逐渐放手的状态。甩掉更多，逐步清除一切，这并不会让人感到悲哀，反而带来了深深的满足感。我对朋友们深为感激——即便是那些对我说话苛刻的朋友！

10月24日

约翰·阿特伯里与肯·布莱尔斯来吃午饭。这两人都认识海威尔，所以我们轮番讲起他的故事，以及戏剧界的许多趣闻。我发现自己突然兴致勃发，思如泉涌，讲了各种各样的故事，逗得他们乐不可支！所以，也许我并不像自己通常认为的那样沉闷。他们为皇家歌剧院工作时，都与海威尔合作过，所以他们后来讲述了更多的往事，比如在剧场的更衣室里，海威尔是如何讲故事的，那场景把他们逗得捧腹大笑。

我给爱德华·斯托里写了回信。尽管专家说他的癌症已经到了晚期，不适合再做手术，而是应该回家等死，但他用坚强有力的手写信给我，说他已经在局部麻醉的情况下接受了三次手术。手术期间，为了保持平静，他在心里背诵了许多诗篇！

10月25日

莎伦来打扫卫生，爱德华来打理花园，而我正在对这本书的内容进行校订——目前为止，这已经是我的第五次修改了。

我一直在思考生活中发生的一些事情。例如，当我不小心失手弄掉某个东西时，我会爆粗口。我现在明白了，一个人进行冥想练习所达到的境界，在这类事情上并无体现，但通过大声咒骂，人们可以释放挫败感，再次获得平静。那些照顾高龄老人的人不必对这种情绪爆发感到困窘与担忧，因为它们是挫折感的发泄，是一种健康的表达。这些情绪不应该被压抑和封闭在心里！

10月26日

乔安娜·罗伯最近给了我一张CD，曲目是巴赫为古大提琴和大键琴创作的奏鸣曲。她还策划了一场关于巴赫这些奏鸣曲的演奏会，将于11月25日（周日）在皇家音乐学院举办，由学院里的两名优秀学生演奏。演奏会上，我需要做一个十五分钟的朗诵，以爱情诗为主题。我这里说的可是"朗诵"，而不是"朗读"，两者有很大的区别。秘诀就是先把一首诗背下来，然后口头念上五十遍或更多——其间或轻声低吟，或高声诵读，刻意用不同的方式来演绎——这样一来，在演出当天，你就可以从心底自然而然地朗诵出这些诗句了。我记得埃斯米·珀西[1]曾告诉我，他的老师莎

1　见7月9日的日记。

拉·伯恩哈特就是这样练习和准备她每部戏中的角色的：每一处细微差别、每一个重音，她都会一遍又一遍地练习。一个演员应该永远不要让观众意识到自己是在"表演"！

今天上午，我去找皇家自由医院理疗部的负责人吉斯·亨特，接受了每周一次的按摩治疗。他告诉我，今天早上八点到十点半，他一直在排队，只为了购买斯蒂芬·桑德海姆剧团新作品的门票，一张只要二十五英镑，而常规发售的门票，价格是九十五英镑！我回到家后，图希来了，好心地给我修剪了脚指甲！

10月27日

窗户清洁工和他的助手来清洗温室、我的卧室及房客房间的玻璃。托尼过来修过道里的灯，之后房客和安妮几乎同时到达，他们都跟我说不要出去，因为外面寒冷刺骨。天气太冷了，冷到几乎无法集中注意力。圣人本尼狄克[1]雕像旁边花盆里的大天竺葵仍在开花，我在植物的根部包了一层气泡膜。今天上午，我必须用园林防寒毛毡把那两个大瓦瓮包起来。当我写下这些文字时，房客正坐在温室里为他的报税会计详细列账目。明天，我要做一道羊肉砂锅，其实我今天已经备好了所有食材，但没有做，因为房客从南岸的博罗市场买回了新鲜出炉的美味猪肉酱，搭配脆皮面包与鲜香的酸黄瓜，在这道主菜之后，还有味道浓郁的奶酪！

我的朋友T通过邮件向我讲述了她和新伴侣之间的问题。他们并没有一起生活，但对方明显表露出一种很强的占有欲，而她也意识到自己需要一些私人空间和时间。这让我想起了纪伯伦在《先知》一书中所写：“你俩结合中要有空隙。”[2]

正如媒体近年来报道的那样，在我们的社区中，

---

1 圣人本尼狄克（St. Benedict，480—550），出身于意大利斯波莱托的一个贵族家庭，天主教本笃派的创始人。

2 《纪伯伦散文诗经典》，［黎巴嫩］纪伯伦著，李唯中译，译林出版社，2010年6月。

孤独似乎成了一种越来越普遍的体验。读书小组、绘画小组、缝纫小组和冥想小组等兴趣小组的形成，有助于培养社区意识，让人们觉得自己是大家庭的一员。但最终，我们不得不接受孤独是人生状态的一部分，我们每个人面临的挑战是如何应对它，如何从中学习。正如艾米莉·狄金森所写："孤独是灵魂的缔造者。"

这也就是当我们学习应对静默和孤独时，某种形式的日常冥想为何重要。这里有一个来自"沙漠教父"[1]的故事，说一个年轻的修行者问一位年长者他是怎么学会如此安静的。对方回答说："跟我的猫学的，就学它蹲在老鼠洞旁等待的样子！"

这让我想起了一首写于大约八百年前的诗，被收录在《最美音乐》（一本古爱尔兰语诗歌选集）中。这首诗的标题是《我与白猫潘哥伴》，被海伦·瓦德尔翻译成现代英语：

---

1 早期教会中的一些信众为了净化心灵，隐居在埃及沙漠，过着极度克己的苦修生活。

潘哥伴那是我的猫儿，

我俩的差事差不离儿。

抓老鼠是他的一大快乐，

抓字词儿我能坐上一宿。

10月28日

今天，一年一度的布莱德发讲座将在波厄斯郡的布莱德发中心举行，主讲人是玛丽娜·坎塔库齐诺[1]。我们初次见面是她刚毕业的时候，当时她来格林尼治剧院担任我的助理，我正在执导诺诺埃尔·科沃德的两部戏剧。几年后，她对我说："你愿意娶我吗？"当时我脑袋里稍稍思考了一下，心想："今年是闰年？"[2]之后我才意识到她是在邀请我——我当时刚被任命神

1　玛丽娜·坎塔库齐诺（Marina Cantacuzino），一名屡获殊荣的英国女记者，代表作有《宽恕的力量》。

2　英国的一个传统习俗，由于过去的法律权限不包括闰年2月29日这天，所以这一天被认为可以做任何违反传统的事情，其中就包括女方可以向男方求婚。

职不久——主持她和丹·莱维的婚礼。多年来，她一直是一流的新闻记者，直到她创立了后来成为一场全球性运动的"宽恕计划"。这一运动的主要目标是分享关于宽恕的故事，建立希望，增进人们之间的理解。过去布莱德发年度讲座的演讲者，包括受人尊敬的大主教罗恩·威廉姆斯博士、彼得·麦克斯韦尔·戴维斯爵士[1]、莉比·珀维斯、尼尔·麦克格雷格[2]、萨提什·库玛[3]等人。

10 月 30 日

我一直在思考戏剧艺术是多么短暂易逝。画家、雕塑家、作家、摄影师、作曲家都可以将自己的作品传于后世，可是一旦一出戏或一场特定的演出结束，

---

1 彼得·麦克斯韦尔·戴维斯（Peter Maxwell Davies，1934— ），英国作曲家、英国先锋派音乐代表，代表作有《塔沃纳》《武士弥撒》等。
2 尼尔·麦克格雷格（Neil MacGregor，1946— ），于 2002 年开始担任大英博物馆馆长。
3 萨提什·库玛（Satish Kumar），英国舒马赫学院创始人、哲学家、教育家和环保运动活动家。

它就会消失在人们模糊的记忆中。玛莎·格雷厄姆剧团第一次来到伦敦时，每一场演出我都看了，还见到了玛莎·格雷厄姆本人。作为一个初出茅庐的新人导演，这对我产生了巨大的影响。同样，我还记得塔娜吉尔·勒·克莱克与弗朗西斯科·孟西恩在纽约表演的由巴兰钦编排的《牧神的午后》，以及现代舞舞者希比尔·希勒[1]的独舞，也记得戏剧中的某些表演片段。

但要把这样的体验用文字描述给后代，几乎是不可能的。

为什么戏剧如此令人难以捉摸？即便一部戏剧被制成了影片，也与现场版不尽相同。戏剧表演依赖于现场观众与演员的反应，是一种共享的体验。戏剧是人创作的，也应由人来执行完成。观看录制版的体验，永远不可能与观看有其他人在场的现场版时的体验相

1　希比尔·希勒（Sybil Shearer，1912—2005），美国舞蹈家、编舞家，被视为现代舞领域的特立独行者。

同。正如彼得·布鲁克[1]在其著作《没有秘密》中所指出的："戏剧的精髓就在于被称为'当下时刻'的谜团中。"

他还提出一个重要的见解，即处于当下时刻的戏剧体验"必须紧贴时代脉搏"，正因如此，我认为，玛莎·格雷厄姆的现代舞作品虽然在当年如此具有革命性，但今天看来可能已经过时了。

有一句话从我的脑海中闪过，它出自俄罗斯诗人叶甫图申科的一首标题为《校长》的诗。此刻，它道出了我的心声："亲爱的阿姨，我老了，对变老，你无能为力！"一个人必须耐心地接受逐渐衰弱的变化，这是变老进程的一部分。而这也是生命进程的一部分，人被渐渐剥离，直至只剩下绝对的要素和一个人余存下来的最本质的部分。

1　彼得·布鲁克（Peter Brook，1925— ），英国戏剧及电影导演，出品过很多舞台剧。

10月31日

昨天，房客花了一个小时时间帮我与苏格兰电力公司交涉，因为账单上的电费急剧攀升。电话另一头的那个人一口轻柔的苏格兰口音，我几乎听不见他在说什么。

11月1日

约翰·邓恩写道："没有谁是一座孤岛，在大海里独踞。"

我们都被不可分割地联系在一起，没有谁是孤立存在的，我们以不同的方式相互依存。

天气仍然很冷，虽然还在下雨，但今晚我与房客一起去威格莫尔音乐厅听了年轻钢琴家费德里科·柯利的独奏会，他是莫扎特和斯卡拉蒂作品的杰出诠释者。

他高超的演奏技巧令人眼花缭乱，完全是一场视听盛宴，而且他敢于在一首曲子的各个部分之间停顿。这是他在威格莫尔的首次演出，热烈的掌声让他一次又一次地返场！

11月2日

房客问我生日想要什么礼物，我什么都不需要！然后他又问我，是否想乘邮轮去挪威、美国或格陵兰岛观光，我回答不想再去旅行了。我看得出，这个答案让他很困惑。我以前确实挺喜欢冒险类的活动，但我认为年龄和药物治疗抑制了我的冒险精神。我回想起，我曾邀请母亲出席我执导的一部戏剧在西区剧院的首演，她拒绝了，并且说了同样的原因，还说到场后不得不与很多陌生人打招呼。我很高兴能待在自己的居所之内，安于现状。毕竟，我有一整个内部世界可供探索！

玛丽娜·坎塔库齐诺在邮件中说教堂里挤满了参加布莱德发年度讲座的人。作为她宣讲"宽恕计划"

的一部分，她邀请了玛丽安·帕廷顿讲述自己的故事，这使得活动变得非常特别，很多参会者都深受触动。玛丽安的妹妹露西在失踪二十一年后，其遗骨在弗雷德里克·韦斯特家的地板下被发现。玛丽安在她的著作《如果你坐着不动》中讲述了这个悲剧，并描述了她如何获得疗愈和解脱。

发言结束后，一位女士走到玛丽安面前，说她经历了和玛丽安相似的创伤：她的女儿——阴错阳差地也叫露西——在十二年前被残忍地杀害，年仅二十五岁。因为丧亲之痛，这两位女士被紧密地联结在一起，她们还约定了再次见面的时间。正如玛丽娜所说，上周日，布莱德发出现了真正治愈的事情，见者无不动容。她还发了一张与丹尼（丹·莱维的昵称）坐在果园里的"海威尔长椅"上的照片。这张长椅，由我在纪念海威尔的仪式中揭幕。他的骨灰就撒在那片果园里，未来某一天，我的骨灰也将如此。

11月3日

约翰·罗兰兹-普理查德刚刚给我寄来一幅精美的书法作品；字写在白色画布上，用木框裱了起来。我这里有很多他的作品，但这应该属于他最好的作品之一。我在很久以前偶然看到过这些词句：

> 久已确知，必走此路；昨日却不知，上
> 路在今日。[1]

我将于11月11日在樱草山的圣马利亚教堂最后一次主持圣体圣事，并以此庆祝我的九十一岁生日。如今，人们的寿命普遍延长，如何找到自己的人生目标的危机通常在四十岁左右才出现；在那时，一个人会突然意识到自己真正的人生使命是什么。这一醒悟既令人振奋又具有挑战性。

1　日本"六歌仙"之首在原业平的辞世诗句。

回顾自己的人生时，我想起了二十岁出头时所面临的痛苦：那时我在牛津大学读书，不知道将来要做什么，是当僧侣、演员，还是作家或教师。在那个阶段，我对戏剧导演这一工作一无所知。在经历了一系列阴错阳差、似是而非的转折之后，我才意识到并接受了所有这些角色都将由我扮演，而挑战在于如何将这些看似不相干的线索交织成一个整体。这很像导演在排练剧目第一天时所面对的任务：如何将一群个性鲜明的演员融合成一个剧团，使每人彼此成全、相辅相成。

11 月 4 日

回想我昨天写的东西，我能想象有些人会说，可是一个人要如何整合自己不同的，有时甚至是对立的部分呢？关于这个问题，答案因人而异。就我自己而言，答案是多年丰富的荣格精神分析经验，加上五十多年的冥想练习。而整合的工作，或者荣格所说的"个

"体化"过程，会一直持续到生命尽头！

今天是我们的冥想日。帕特·考夫曼就"冥想中的光明与黑暗"这一主题发表了演讲，极富感染力。

我进一步思考这些诗句："久已确知，必走此路；昨日却不知，上路在今日。"

人生中有很多变化通常看似一个故事的结束，实际上却是新故事的开始！因此我们需要做好轻装上阵的准备，并对改变持开放态度。一种新的模式往往会在这样的时刻出现。

11月5日

今晚是"盖伊·福克斯之夜"[1]，有点像在前线，不过这里不断爆炸的是另一种火药——烟花。房客计划

1　又称"篝火之夜"。17世纪初，一些罗马天主教徒组成一个阴谋小团体，策划刺杀奉行新教的英王詹姆斯一世，且打算一并除掉国会上、下两院的议员，然后让詹姆斯一世的女儿伊丽莎白登基，推行天主教。他们的行动后来被称为"炸药阴谋"，而盖伊·福克斯正是同谋之一，在团队中负责引爆炸药。1605年11月4日深夜到5日凌晨，卫兵们在议会大楼下方的一处地窖中发现了满满二十桶炸药，这一阴谋因此遭到挫败。

下周举办一个晚餐派对，我为此做了大量的蘑菇酱（食材包括洋葱、蘑菇和迷迭香）。

11月7日

我对玛莎·罗林斯的感谢永无止境。她是我1955年至1956年在纽约生活时每周都去见的荣格精神分析师，也是她最先建议我写日记的。"你是一个孤独的人，"她说，"而写日记就像与一个最亲密的朋友交谈。"

11月8日

我发现自己一直在思考这个问题：当一个人爱着其他人或处于恋爱中时，会更容易受到伤害。然而，正因为深爱，这个人便能设法找到自己的路，走过这些艰难崎岖的途程。一般来说，与朋友相处时，我们会表现出自己最好的一面，出去吃饭、喝酒或散步，在那几个小时里，我们全身散发着光芒，充满活力。但两个人选择同居时，情况就会发生变化。你会觉察到不同的情绪"天气"，会碰上伴侣说话尖刻的时候，可能是因为他或她有财务方面的烦恼，或是找不到工作，抑或只是身体不适，略有微恙，而这正是我们开始全面了解彼此的时候。参差相左的目标、难以吻合的意见、针锋相对的反驳、抱怨，连同感情与关心，一起并存。海威尔是典型的巨蟹座，有时会完全沉浸在一种可能持续数日的情绪中，寡言少语。最初，我觉得他可能是对我厌烦了，但渐渐地，我开始明白，这是他心理构成的一部分，性格所致，绝非个人原因。

阳光普照，我将郁金香球茎栽种到了圣本尼狄克雕像两侧的大瓦瓮中，然后用铁丝网牢牢盖住，以防松鼠把它们挖出来。

11月9日

我穿着运动鞋去购物，但右脚感觉很不舒服，我以为是进了沙子，于是把鞋脱下来查看。但什么都没有，于是我再次穿上鞋子，拉着小拖车往商店走。突然，我低头一看，发现自己把左脚的鞋穿到了右脚上，左脚当然也就穿了右脚的鞋！于是我坐到路边某户人家的台阶上，脱掉鞋，然后把鞋换了过来。看，这是变老危害的又一个例子！

一整年的记录即将结束，鉴于这是倒数第二天，而我却没什么特别的事值得一说，真令人失望！庆贺我九十一岁生日的卡片与礼物纷沓而至，其中包括我的朋友乔安娜从格洛斯特郡寄来的极其实用的礼物——保暖袜和颈托。西莉亚的礼物是一本书，由她的兄弟苏菲派大师卢埃林·沃恩–李与希拉里·哈特合著，书名为《精神生态——在日常生活中唤醒神圣感的十项实践》。沃恩–李的大部分书，我书架上都有。

房客拿给我一大瓶威士忌，说可以缓解感冒症状。

他告诉我，每晚一杯是最好的治疗方法。真好啊，这感觉不就像和自己的私人医生住在一起一样！

11 月 10 日

明天早上我将在圣马利亚教堂八点钟的礼拜仪式上，最后一次主持圣体圣事并进行最后一次布道，以此纪念我的九十一岁生日。

前方是什么，还有多少年岁等着我，我不得而知，但终点一定是更靠近了！正如我在这本日记的开头所说："我不害怕死亡，并且已经做好了在最后时刻到来时离去的准备。"我没有浪费这一生，活得很充实。

休·怀特莫尔的《最好的朋友》，由我与约翰·吉尔古德、罗斯玛丽·哈里斯联手推上舞台。在我们的首创版本中，萧伯纳的角色由优秀的爱尔兰演员雷·麦克安利扮演。数年后，我执导了此剧的新版，合作主演为帕特里夏·劳特利奇与迈克尔·潘宁顿，萧伯纳由当时已经八十多岁的罗伊·多特里斯扮演。在好莱坞工作了几十年后，他重返英国舞台。他在纽约时就已经出演过这个角色，好评如潮。在第二幕彩排时，我发现他的表演节奏越来越慢，他在念最后一句台词"现在，我要死了"时的语气非常低沉。我赶忙说："不不不！这不对！这场面搞得像葬礼一样。在现实生活中，萧伯纳的精神活力、对生命的渴望及求知欲，一直伴随他到最后一刻。事实上，在去世前的那一周，萧伯纳还在花园里生起篝火，和大家欢声笑语！"值得称赞的是，作为一位优秀的演员，罗伊立即领悟了我的意思，然后用一种充满活力的振奋语调说出了最后的台词，那听上去就仿佛剧中人物渴望了解此间生命存在之外的那个世界。对我来说，也是如此！

近来有一天早上，我醒来时有种深切的感觉：我的船终于要进港了。这让我想起玛格丽特·内夫的画作《归乡》，这幅作品描绘的是夜景，一轮巨大的满月倒映在海面上，在光晕的中心还有一艘老式的西班牙大帆船正驶入港口。那是奥德修斯在长途跋涉后终于归来了吗？

我想起了希腊诗人卡瓦菲斯的名作《伊萨卡岛》，英文版由雷·达尔文翻译，讲述一个人前往伊萨卡的漫长航行。那里是我们一直以来的目的地，但当我们到达时，它再也没有什么可以给我们的了：

> 是伊萨卡赋予你如此神奇的旅行，
>
> 没有它你可不会启程前来。
>
> 现在它再也没有什么可以给你的了。
>
> 而如果你发现它原来是这么穷，
>
> 那可不是伊萨卡想愚弄你。
>
> 既然那时你已经变得很聪慧，并且见多
>
> 识广，
>
> 你也就不会不明白，这些伊萨卡意味着
>
> 什么。[1]

---

1 引自翻译家黄灿然的译文。

这一切并非意味着我即将一命归西，但做好准备就是一切。我度过了如此充实的一生，还幸运地拥有如此多的爱。难怪阿维拉的圣特蕾莎曾写道："重要的不是要想很多，而是要爱很多。"

为学日益，为道日损，损之又损，以至于无为。无为而无不为。

——老子

致 谢

我要特别感谢托尼·莫里斯，是他首先想到出版一本如此内容的书，并取了这样一个书名。感谢诺曼·柯茨对我的文稿进行初期编辑。感谢图希·西尔伯格耐心地帮我打字。感谢我的所有朋友，谢谢他们允许我引用他们的信件与邮件中的内容。同样感谢我的房客，他与朋友们给予的支持和情谊，我深表感激。此外，还要感谢我的出版编辑乔治·汤姆塞特。

詹姆斯·罗斯－埃文斯作品一览

1. 《执导戏剧》[*Directing a play* ，由女演员瓦尼莎·雷德格雷夫（Vanessa Redgrave）作序]

2. 《实验戏剧》（ *Experimental Theatre* ，出版四十多年后仍在发行）

3. 《伦敦戏剧界：从环球剧场到国立剧院》（ *London Theatre: from the Globe to the National* ）

4. 《一只脚踩在舞台上》[*One Foot on the Stage* ，关于苏格兰演员理查德·威尔逊（Richard Wilson）的传记]

5. 《内心之旅：更远的旅程》[*Inner Journey: Outer Journey* ，大主教罗恩·威廉姆斯（Rowan Williams）作序，2019年新修订]

6. 《灵魂的通道：今日之仪式》（ *Passages of the Soul: Ritual Today* ）

7. 《打开门打开窗》（ *Opening Doors and Windows* ，回忆录）

8. 《发现静默》[*Finding Silence* ，马克·塔利（Mark Tully）作序]

9. 《蓝山记忆：拉德奈郡旅程》（ *Blue Remembered Hills–A Radnorshire Journey A Life Shared* ）

10. 《分享一生》（ *A Life Shared* ）

11.《亲爱的妈妈：写给妈妈的信》(*Darling Ma Letters to her Mother*，乔伊斯·格伦费尔著，罗斯–艾文斯是这本书的编辑)

12.《我的人生：娱乐部队——她的战时日记》(*Time of My Life: Entertaining the Troops–Her Wartime Journals*，乔伊斯·格伦费尔著，罗斯–埃文斯是这本书的编辑)

童书

1.《奥德与艾斯维尔历险记》(*The Adventures of Odd and Elsewhere*)

2.《奥德与大熊》(*Odd and the Great Bear*)

3.《艾斯维尔与小丑聚会》(*Elsewhere and the Gathering of the Clowns*)

4.《大熊归来》(*The Return of the Great Bear*)

5.《蒂皮特–威奇特的秘密》(*The Secret of Tippity–Witchit*)

6.《遗失的威尔士珍宝》(*The Lost Treasures of Wales*)

改编舞台剧

1.《查令十字街84号》(原著作者海莲·汉芙)

2.《萝西与苹果酒》(原著作者洛瑞·李)

3.《我的人生故事》[*The Story of My Life*，原著作者奥古斯特·黑尔（August Hare）]

广播节目

1.《女弥赛亚》（ *The Female Messiah*，由BBC选送参加"意大利奖"评比）

2.《颠颠倒倒》（ *Topsy and Turvy*，戈登·克雷与伊莎多拉·邓肯的故事）

3.《第三个亚当》[*The Third Adam*，作者杜德克·彼得维奇（Jerzy Peterkiewicz）]

曾推出的巡演舞台剧

1.《演员的骄傲——关于19世纪的戏剧演员》（ *The Pride of Players–about the actors of the 19th century* ）

2.《园林的美乐礼赞》（ *A Celebration of Gardens* ）

3.《基利与花——弗朗西斯·基利弗牧师的日记》（ *Kilvery with Flowers–the journals of Rev. Francis Kilvert* ）

4.《迄今为止的旅程》（ *The Journey Thus Far* ）

写作中或待出版书目

1.《爱——关于爱的思考》（*Loving–reflections on love*）

2.《趣闻——年龄》（*Anecdote–Age*，本书《九十岁的一年》
   之续篇）

半百杂感（或在抗拒中面对变老）

"真正严肃的哲学问题只有一个，那便是自杀"，加缪此说，引人警悟。他随即也点明了此话的用意所在："判断人生值不值得活，等于回答哲学的根本问题。"

只是如果没有既定前提，那像人间值得还是不值得这样的探讨就差不多是伪命题。既然生命只有一次机会，那活着并到不得不死，在几乎所有常规的人生历程中，都是唯一选项，这是毫无疑问的。

接下来，第二真正严肃的哲学问题，也只有一个，那便是死亡，因为出生带有偶然性与喜乐成长的积极预期，而死亡是必然的结论，容不得任何侥幸、幻想或反驳。

死亡，是悬在一切生命头上的达摩克利斯之剑，在某个锋利无比的终极时刻会准确落下，而变老则是微创型凌迟术的小刀子，每天每夜都在悄然或昭彰地割去你身体的一小块活力组织——有时会感觉痛，但更多时候人们对此的态度是不动声色，淡然置之。

二十岁到四十来岁，谈论"变老"这一话题，可能毫无困难——仿佛那只是月球上的一场小洪水，遥远、微弱又虚幻，像嫦娥的确切姓名一样，无关紧要。但在五十岁或六十岁之后，这来自外太空的子虚乌有的孱弱洪水突然就跨越时空，汹涌而至，真切地来到了你眼前，并很快漫过你的脚面、小腿、膝盖、大腿、胯骨、腰部，乃至胸口和肩头。无论你如何伪装，如何自欺欺人（比如避而不谈、视而不见，或力争处变不惊、欣然接纳），这场"变老"的大洪水终归是岁月强行赠予的苦酒或滋味莫名的混酿，必定会斟满你生日或非生日的某一天的杯子，而且会无情地溢出。通常而言，每个人的体验各不相同，对变老的感受或深或浅，反应不一，几乎无法彼此取代——尽管我们所有人都可以深以为然地感慨一声："最是人间留不住，朱颜辞镜花辞树。"

无论是诉诸古雅（如"时光只解催人老"），还是选择俚俗（如"岁月是把杀猪刀"），你所嗟叹的并无二致，皆为因流光易逝、一去不复返而伤感。

这一类关于年老的感怀，说出来并不难，甚至可以带些唯美抒怀、怡情养性的意味。然而，人虽易老，但从中年到老年的过程却不容易，也不轻松，而老年时日也绝非（至少是不太可能）都是安然悦乐。

事实上，就笔者本人而言，尤其是在五十岁之后，在接受日渐老去这一事实时，完全无法做到坦然、平静又从容。有时，我甚至是焦灼不安而又惶恐、悲伤、消沉、沮丧和绝望的——双鬓和胡子开始变白，尽管没有很夸张，但衰老陡然而至，宛如凭空生出，给你当头一棒，足以让你感到无望。

那么，阅读本书能否有助于我们更温和、更淡然地进入老龄，并渐渐习惯暮年晚景？我只能说，当然希望大家能得到如此体验，心境上得到升华，精神上得到抚慰，或者说，我设想部分读者有可能会有这样的感觉、这样的认知，即老年岁月自有其舒缓节奏，自有其乐趣与寄托，并没有那么糟糕，让人避之唯恐不及。

但毫无疑问的是，问题依然存在。与年老相伴而生的，免不了有衰弱、病痛、昏聩、不堪承受的无力与颓唐之感、因被时代淘汰和遗弃而生出的无用感与羞辱感。特别是当年龄更长时，"访旧半为鬼……世事两茫茫"，就更觉脆弱与悲凉。但是，在面对衰老与死亡这样绝对确定的主题时，这些举动包括正视、倾诉、描述与讨论它们，就是在解决问题。

衰老与死亡或许是生硬冷酷的，但也是悲悯宽宏的——因为在某种程度上，它对所有人都是公正的，乃至是友好的：它为所有个体的苦痛和苦难（以及因喜乐好运而招致的"幸福烦恼"）都设定了衰退进程与终结时点。

一如艾米莉·狄金森所言："因我不能停下等待死神，他便和善地停下等我。"

当你读完本书，当你读到最后那一天（2018年11月10日）日记的这一片段："在现实生活中，萧伯纳的精神活力、对生命的渴望及求知欲，一直伴随他到最后一刻。事实上，在去世前的那一周，萧伯纳还在花园里生起一堆篝火，和大家欢声笑语"你大概也会释怀，会觉得死并不可怕。

只是，问题并未就此消失，悄然化解。

该作品是作者自2017年11月11日起写的一本"日记书"，时间跨度为一整年，详述了他鲐背之年的人生经验与感触，并在其中穿插了其作为戏剧导演的生平杂忆、圈内趣谈与旧友逸事。老爷爷此际的人生状态已经颇为通达，透彻圆融，而且书中有很多细节与描述也相当生动，令人莞尔。

可想而知，这并不能给解决具体的存世问题——比如，怎样从五十出头安全、轻松、愉悦、充实而又满足地活到九十岁？——带来实质性的建议或行动方面的明确指导。

如果抱着实用的功利主义目的来读这本耄耋老人的日记，那你就是把此书当成了养生保健指南，也就让本书失去了它自身的意义及价值。同时，你也失去了读此书的理由。

毕竟，怎样谋生、怎样存世，怎样走过你的人间之路，怎样理解衰老、怎样看待与思考死亡，在何地以及用怎样的方式告别这趟时而有欢乐喧闹，时而有悲苦寂寞的红尘逆旅，是每个人都会面临的必答题。这些固然是普遍的问题，但答案因人而异，千差万别。

好在，虽然无法照搬经验，但你还是可以从他人的经历中得到一些启发。就像西西弗斯推巨石上山，你也在推着自己的石头爬坡。

或许你的石头很小、很平庸、很抽象，但那终归是石头；而你，只要不是命途乖舛，不出意外的话，也要一直推石头到老年——直至你的存在成为某种往昔记忆或完全化为乌有。

在此进程中，祈愿那些迷茫焦虑的灵魂能获得安宁。

在晚年的大洪水将我们卷入虚空的永夜之前，祝愿你能邂逅或发现更多令人心动的时刻、地点、事物、景象、人与生命，并由衷发出感叹："真美啊，请停留一下！"

杨凌峰

壬寅多事之夏写于"莲溪右岸"